EN LA TEMPESTAD

SERIE CHICOS DE LA TORMENTA
LIBRO 2

N.R. WALKER

CRÉDITOS

Portada: NR Walker
Editor: Boho Edits
Editorial: Blue Heart Press
Traductor: Francisco David
En La Tempestad © 2023 NR Walker
Serie Chicos de la Tormenta © 2023 NR Walker

ADVERTENCIA:

Solo para mayores de 18 años. Este libro contiene material que puede ser ofensivo para algunas personas y está dirigido a un público adulto. Contiene lenguaje gráfico y situaciones adultas.

MARCAS REGISTRADAS:

Todas las marcas comerciales pertenecen a sus respectivos propietarios.

SINOPSIS

Jeremiah Overton ahora está a cargo de la Oficina de Meteorología de Darwin, y su novio cazatormentas, Tully Larson, no podría estar más feliz. Para Tully, significa ver tormentas de verano con el amor de su vida, pero para Jeremiah, significa volver a aprender todo en equipos más antiguos que él.

Sin embargo, las tormentas de verano también significan que es temporada de ciclones. Si bien Tully no es ajeno a las tormentas tropicales y los ciclones ocasionales, para Jeremiah es una novedad.

Mientras el ciclón tropical Hazer azota la ciudad, Jeremiah y Tully se preparan para quedarse atrás. Jeremiah sabe qué esperar, teóricamente, pero vivirlo es una historia diferente.

Si es que viven.

NOTA DE LA AUTORA

Esta serie es estrictamente ficción. Las oficinas de meteorología reales no funcionan así en la vida real. La autora es muy consciente.

Se han tomado licencias creativas con respecto al seguimiento del clima, los sistemas de predicción y todas las prácticas meteorológicas mencionadas en este documento.

Es simplemente un viaje divertido y loco destinado solo a fines de entretenimiento.

Por favor, ¡disfrutadlo! Para eso es.

Y como referencia, *Storm Boy and Mr Percival*, traducido, El chico de la Tormenta y El Sr. Percival, como se mencionan al final de este libro, son de una novela clásica australiana muy querida (de Colin Thiele, 1964) y una película (1976 y 2019).

¡Gracias por leer!

EN LA TEMPESTAD

N.R. WALKER

SERIE CHICOS DE LA TORMENTA
LIBRO DOS

CAPÍTULO UNO
TULLY

Estaba nervioso esperando que aterrizara el avión de Jeremiah.

Dos semanas después de estar en la Oficina de Meteorología de Darwin, hizo un viaje rápido de regreso a Melbourne para recoger algunas de sus pertenencias personales, empacar las cosas de su apartamento y vaciar su escritorio en el trabajo.

Una noche.

Se había ido por una noche y lo extrañaba como loco. Cómo había puesto mi vida patas arriba en cuestión de unas pocas semanas, nunca lo sabría. La primera semana en el búnker en Kakadu había sido increíble, y las dos semanas ayudándolo a convertir su nueva oficina en algún tipo de espacio funcional habían sido divertidas. Pero ver las tormentas de la tarde con él, tenerlo en mi casa y en mi cama habían sido las mejores dos semanas de mi vida.

Estaba enamorado de este hombre, y estaba nervioso como el infierno esperándolo. Nervioso de que se bajara del avión y me dijera que no se quedaría, que volvería a su antigua vida en Melbourne. Que su vida estaba allí y no aquí conmigo.

Estaba nervioso de que quizá ni siquiera se bajara del avión.

Hablé con él esta mañana cuando se dirigía al aeropuerto, pero muchas cosas podrían haber pasado entre ese momento y ahora, y tal vez se dio cuenta de que todo esto era demasiado pronto. Tal vez no quería recoger toda su vida y mudarse a cinco mil kilómetros de distancia.

Tal vez no sentía por mí lo mismo que yo sentía por él.

Estaba a punto de vomitar cuando aterrizó su vuelo. Noté algunas caras familiares en la terminal y un chico que conocía del banco intentó charlar un poco mientras también esperaba que alguien bajara del avión.

—¿Todo bien? —preguntó mirando de mí hacia donde la gente entraba por la puerta de Llegadas.

—Ah, sí —murmuré distraídamente—. Claro, solo esperando…

Esperando a que no apareciera. Esperando a que me rompiera el corazón.

Él asintió y, afortunadamente, no dijo nada más. Llegó su persona, y se fueron sonriendo y tan felices como podían estar. Todos los demás entraron saludando a sus rostros familiares, a sus seres queridos, a su gente. Todo sonrisas, abrazos y risas.

Y por ningún lado Jeremiah.

Las puertas se cerraron y la gente sacó su equipaje, dejando mi estómago hecho un nudo, mi corazón latiendo con fuerza. Mi pecho se sentía demasiado apretado, y ese nerviosismo de antes se estaba convirtiendo rápidamente en una profunda comprensión de que Jeremiah no se había subido a su vuelo.

No me quería. No me amaba…

—Tenga cuidado con eso —dijo una voz familiar mientras un trabajador del aeropuerto empujaba un carro con dos grandes cajas negras. Jeremiah lo acompañaba, frenético y agotado.

Y jodidamente hermoso.

La banda apretada alrededor de mi pecho se soltó y, así, pude respirar.

—Hola —grité, haciendo que se detuvieran, y en unos cuantos pasos rápidos, recibí a Jeremiah en un abrazo aplastante, sorprendiéndolo a él y al hombre que empujaba el carrito.

—Oh —chilló Jeremiah, con la cara roja y nervioso, ahora por una razón completamente diferente—. Tully, ¿qué estás…?

—Te extrañé —solté, mientras lo abrazaba fuerte—. Y no te vi bajar del avión. Pensé que podrías haber decidido no volver. Estoy tan feliz de verte.

Se echó hacia atrás, aparentemente confundido por esto.

—Te dije que regresaría esta mañana. En realidad, mi empleador insistió en que aceptara este trabajo. No se me permitía *no* volver aquí; creo que esos fueron los términos que usaron.

Riendo, tomé su rostro entre las manos y tiré de él para darle un beso rápido. Sus magníficos ojos azules se abrieron.

—Tully —siseó.

Solo le sonreí. Me importaba nada lo que pensara la gente. Quería besarlo, así que lo hice.

—¿Necesitas ayuda con tu equipaje?

Con la mano en la frente, todavía nervioso, parpadeó un par de veces.

—Ummm.

—¿Estás bien?

—Estoy perplejo.

—¿Perplejo? —Eché la cabeza hacia atrás y me reí—. Dios, te extrañé.

Me frunció el ceño, luego señaló distraídamente sus cajas y al tipo que había estado empujando el carrito, que ahora miraba a todos menos a nosotros.

—Esto debería estar bien, pero si pudieras tomar una de mis maletas…

Miró incómodo a los pocos viajeros rezagados, algunos de los cuales ahora nos observaban.

Tuve la sensación de que nunca habían visto a dos hombres besarse, así que también les sonreí mientras recogía el equipaje de Jeremiah.

—Ven, *cariño*, vámonos a casa —dije muy alto para el beneficio de nuestra audiencia.

Jeremiah puso los ojos en blanco y se quejó mientras salíamos.

—¿Necesitabas ser tan obvio?

Sí, lo necesitaba.

Entonces, por si acaso, lo empujé contra el costado de mi Range Rover y lo besé apropiadamente. Se resistió durante medio segundo… hasta que dejó de hacerlo. Él gimió cuando chupé su lengua.

Me eché hacia atrás, dejándolo aturdido y sonrojado, luego lo golpeé en la nariz con mi dedo.

—Te extrañé.

—No seas ridículo —murmuró tratando de no sonreír—. Me he ido un día.

—Treinta y cinco horas, para ser exactos. No es que estuviera contando.

El rubor en sus mejillas se profundizó, y se mordió el labio inferior.

—¿Deberíamos ir a casa entonces?

Demonios, sí, deberíamos.

Cargué su equipo en mi coche, encendí el aire acondicionado y salimos del aparcamiento.

—Había olvidado el calor que hace aquí —dijo secándose la frente con el dorso de la mano—. La humedad, cielos.

—¿Lo arreglaste todo?

Asintió.

—Brian ya había empaquetado lo de mi escritorio, por lo que eso tomó exactamente un minuto. Allí no hubo amor perdido, te lo aseguro. Están tan contentos de ver mi espalda como yo de ver las suyas.

—Lo lamento.

—Yo no.

Me acerqué y tomé su mano.

—Es su pérdida.

—Mis palabras de despedida fueron algo similar.

Me reí, pero luego pregunté algo más serio.

—¿Y tu padre?

—Estaba bien —dijo encogiéndose de hombros—.

Me deseó suerte. Lo invité a cenar anoche, como una despedida, supongo. Dijo que era un gasto de dinero.

Oh, tío.

Apreté su mano.

—Lo lamento.

—Sin embargo, apreció el frigorífico y los muebles de salón que le di. Los míos eran más nuevos que los suyos por una década o dos. —Intentó sonreír, pero no funcionó del todo.

Llevé su mano a mis labios y besé sus nudillos. Odiaba que ninguno de sus conocidos en Melbourne estuviera feliz por él.

—Me alegra que estés aquí.

Me observó durante un largo momento.

—Me alegro de estar aquí también. ¿Me perdí una gran tormenta anoche?

Le sonreí.

—Fue un poco patética. O tal vez fue solo porque no pude verla contigo.

Puso los ojos en blanco y miró por la ventana, pero me di cuenta por sus mejillas que estaba sonriendo.

—Ah —dijo como si acabara de recordar—. ¿El monitor de frecuencia cardíaca que sugeriste? ¿La correa para el pecho que usan los deportistas?

Creo que me gustaba a dónde iba esto…

—¿Sí?

Se aclaró la garganta.

—Puede que haya comprado uno.

Sonreí.

—Oh, diablos, sí. Ahora solo necesitamos uno de esos monitores cerebrales, para que la próxima vez que intentes que te caiga un rayo, podamos obtener algunas lecturas adecuadas.

Él suspiró.

—No *intento* que me alcancen… —Dejó de hablar y negó con la cabeza, sin siquiera molestarse en terminar la oración—. También pregunté sobre cascos que realizan imágenes médicas no invasivas del cerebro, porque investigué un poco mientras estaba atrapado en el tráfico. Hay un dispositivo relativamente nuevo que emplea luz infrarroja cercana para determinar la concentración relativa de hemoglobina en el cerebro, a través de diferencias en los patrones de absorción de luz. Porque, bueno, la mayoría de los sistemas de escaneo cerebral no invasivos usan espectroscopia de onda continua, donde el tejido es irradiado por un flujo constante de fotones. Sin embargo, estos sistemas no pueden diferenciar entre fotones dispersos y absorbidos. Pero este nuevo…

—Está bien, te detendré justo ahí —dije levantando la mano—. Y te recordaré con quién estás hablando. Realmente vas a tener que simplificar todo eso para mí. —Le dediqué la sonrisa que más le gustaba—. O simplemente di que es uno de esos cascos con las almohadillas adhesivas blancas.

Hizo una mueca.

—Bueno, no tiene almohadillas adhesivas blancas… De todos modos, son increíblemente caros, así que a menos que pueda conseguir algún tipo de beca de estudios, lo cual es muy poco probable dada la naturaleza del experimento, no es probable que compre uno pronto.

Me acerqué y apreté su mano.

—¿Pero tienes el monitor de frecuencia cardíaca adecuado?

Él sonrió.

—Sí.

Mi teléfono sonó, el Bluetooth poniéndolo a través del sistema estéreo. El nombre de mi hermano apareció en la pantalla del tablero.

Presioné Responder.

—Hola, grano en el culo.

—Hola, gilipollas.

Los ojos de Jeremiah se abrieron y me reí.

—Estás en el manos libres y Jeremiah está en el coche.

—Ah, el hombre misterioso que te ha estado manteniendo ocupado.

Los ojos de Jeremiah casi se salen de sus órbitas, y con una sonrisa, apreté su mano.

—¿Qué quieres, Ellis? Nos dirigimos a casa.

—Bueno, me alegro de que estés en el coche. Te ahorrará un viaje.

—¿Para qué?

—Necesito que vengas a la oficina.

—¿No puede esperar hasta mañana? Vuelvo a la oficina mañana a las ocho.

—No. Debes firma la aprobación en la cuenta de Goyer. El envío sale hoy a las diez.

Gruñí.

—Deja de quejarte —dijo—. Ya estás en el coche así que estás, ¿qué? ¿A cinco minutos?

—Oye, Ellis —dije rotundamente.

—Si vas a decirme que me coma una bolsa de pollas, te la dejo a ti.

Resoplé.

—Créeme, si las vendieran en bolsas, lo haría.

Rio.

—Eres tan asqueroso.

—Tú empezaste.

—Nos vemos cuando llegues aquí. Ah, y Jeremiah —dijo Ellis. Podía escuchar la sonrisa en su voz—. Dime, ¿Tully hace...?

Presioné Finalizar llamada tan rápido que me lastimé el dedo.

—Lo siento por eso —le dije—. Lo que fuera que estaba a punto de decir iba a ser vergonzoso y muy probablemente grosero.

Me sonrió.

—¿De verdad comerías pollas de una bolsa?

Riendo, cambié de carril y me dirigí hacia el puerto. Realmente no estaba lejos, y ahora que estaba a punto de suceder, la idea de que Jeremiah conociera a Ellis me emocionó un poco. Habíamos estado tan ocupados en su nueva oficina, y en el dormitorio, que todo lo demás simplemente fue ignorado.

—Esto no nos llevará más de un minuto o dos —dije entrando a los aparcamientos. Bajé mi ventana y disminuí la velocidad en la puerta, hice señas cuando el guardia de seguridad vio que era yo.

Jeremiah se quedó mirando los barcos de carga y los contenedores de envío, y el famoso logo del caballero. Luego se volvió hacia mí, atónito.

—¿Esta es tu compañía?

—Nop, esta empresa es de mi madre y de mi padre. Solo trabajo aquí.

—Pero esto es… nunca dijiste que teníais una de las principales empresas de carga de Australia.

Resoplé.

—Para mí es solo un trabajo. —Conduje hasta el edificio de administración y en mi lugar de estacionamiento, luego apagué el motor—. Ven adentro. Nos llevará un minuto.

Parecía horrorizado.

—¿Quieres que entre contigo?

—Claro. Sé que has estado viajando todo el día, pero puedes conocer a Ellis y luego puedes confirmar, de una vez por todas, que soy, con diferencia, el hermano más guapo. —Sonreí por si acaso—. Si pudieras decirle eso a la cara, sería genial. Si no te importa, por favor.

Me bajé del coche, fui a su lado y le abrí la puerta.

—Vamos, no muerde. Tendrá su mejor comportamiento, lo prometo. —Esperé a que saliera del coche, cerré la puerta y pasé mi brazo sobre sus hombros mientras caminábamos hacia el edificio principal—. Si no es así, le patearé el trasero.

—Desearías poder patearme el trasero.

Me detuve en seco y atraje a Jeremiah contra mí, mi brazo alrededor de sus hombros cayendo hasta su cintura…

Porque allí, ahora de pie en una pequeña y ordenada fila de bienvenida en la parte delantera del edificio, estaba Ellis, con una sonrisa de comemierda.

Y mis padres.

Iba a matar a mi hermano.

CAPITULO DOS
JEREMIAH

CUANDO TULLY DEJÓ DE CAMINAR, SUPE QUE ALGO andaba mal. Se detuvo en seco, su brazo cayó de mis hombros y sus dedos agarraron mi cintura.

Había tres personas esperándonos, al parecer. La razón por la que Tully se congeló.

Un hombre, tal vez de unos treinta años, que se parecía mucho a Tully. Solo que vestía pantalones de traje y camisa, y su cabello rubio era corto.

Pero su sonrisa era exactamente la misma.

Y una pareja mayor. Quizá en los cincuenta o sesenta, bien vestidos y sonrientes. Ella era bonita, con el pelo rubio recogido en un moño, y vestía un traje pantalón. Y él era un hombre alto y bien formado, con cabello plateado, pero ojos marrones muy familiares, y esa sonrisa…

Oh.

Oh, chico.

—Mamá —dijo Tully—. Papá no os esperaba… —

Entonces su voz bajó—. Ellis. Intrigante, saco de bolas festivas.

Ellis se rio y saltó sobre Tully en un placaje y lucharon como adolescentes. El padre de Tully se rio y su madre suspiró sonoramente. Ella los ignoró y apuntó directamente hacia mí.

—Hola, querido —dijo caminando hacia mí—. Por favor, ignora a los paganos. Traté de criarlos bien. —Extendió su mano—. Soy Brielle, la madre de Tully.

Ay, dios mío.

Así que esto estaba pasando.

Recordé mis modales y le estreché la mano.

—Hola. Es un placer conocerte, aunque algo inesperado. Por favor disculpa mi ropa. He estado viajando todo el día. Si hubiera sabido que os conocería…

Tully estaba de vuelta a mi lado, su brazo firmemente alrededor de mi cintura otra vez.

—Mamá, este es el doctor Jeremiah Overton. Jeremiah, esta es mi madre.

Parpadeó sorprendida por mi título.

—Un placer conocerte.

Entonces Tully me giró para mirar a su padre.

—Este es mi padre, Ken. —Y su hermano, cuya camisa ahora lucía decididamente descolocada. ¿Tully le había desgarrado el cuello? —Y el gilipollas que camina y habla, Ellis.

Su padre me estrechó la mano.

—Ignóralos. Encantado de conocerte.

Ellis le dio a Tully otro empujón y también me estrechó la mano.

—Así que existes. Estaba seguro de que te había inventado.

Oh, Dios.

—Existo, sí.

—¿Y pasaste tiempo en el bloque de celdas con él?

—El bloque de celdas…

—Se refiere al búnker —explicó Tully.

—Correcto. Sí. Me encantó. De hecho, me gustaría pasar más tiempo allí.

—Oh, entonces estás tan loco como él —dijo Ellis, tratando de tocar la cara de Tully. Tully volvió a forcejear con él hasta que su madre habló.

—¡Chicos!

Se detuvieron de inmediato, pero la Sra. Larson me tomó del brazo.

—Entra y guárdate de este calor espantoso —dijo llevándome hacia la puerta.

Me volví y vi que el padre de Tully les daba una colleja juguetona a ambos. No ayudó que estuviera sonriendo cuando lo hizo.

—Mierda, tiene los ojos más azules que he visto —dijo Ellis. Creo que puede haber sido un intento de susurrar, pero todos lo escuchamos.

—Cierra la puta boca —dijo Tully haciéndole otra llave de cabeza.

—Perdona a estos dos —dijo su madre cuando entramos al edificio—. Se ponen así cuando no se han visto por un tiempo.

Estaba unos veinte grados más frío dentro, y casi me derrumbé de alivio.

—Iremos a la cafetería —dijo ella—. ¿Puedo ofrecerte algo de beber? ¿Dijiste que habías estado de viaje?

—Ah, sí. He vuelto de Melbourne.

—Oh, debes haberte levantado temprano —dijo frunciendo el ceño—. Sírvete la comida que quieras.

—Estoy bien —intenté. Pero guau. Era una cafetería de verdad, y había algunos chicos con monos azules en una mesa. Supuse que eran trabajadores portuarios.

—Ofrecemos comidas a todos nuestros trabajadores durante todo el día —explicó la Sra. Larson, leyendo claramente mi curiosidad por lo que era. Me llevó al comienzo de la fila de la cafetería, deslizó una bandeja y cargó un plato de sándwiches, un poco de fruta cortada y dos cafés. Llevó la bandeja a una mesa y se sentó, y viendo que Tully estaba en la fila con su hermano y su padre, y sin saber realmente qué más hacer, me senté frente a la señora Larson.

Tomó uno de los cafés y puso la comida frente a mí.

—Por favor, come —dijo—. Viajar es agotador y la comida del aeropuerto es terrible. Estos se hacen frescos durante todo el día.

No estaba seguro de qué decir.

—Eh, gracias. —Cogí un pequeño triángulo de sándwich de jamón, queso y tomate y lo mordí. Realmente estaba muy bueno.

—Entonces —dijo la señora Larson—. ¿Eres doctor?

Oh, genial.

Cuando terminé de masticar y tragar, Tully se había dejado caer a mi lado.

—Tiene un doctorado en ciencias meteorológicas —dijo con la boca medio llena de lo que posiblemente era pastel de chocolate.

—No soy médico —agregué—. Para desdén de mi padre.

No había querido que sonara tan amargo, pero, de todos modos, ahí estaba.

—No dejes que te engañe —dijo Tully—. Es humilde y autocrítico, pero es un genio y está al menos diez años por delante de sus colegas.

Entonces miré a Tully, porque eso era algo muy extraño de decir… y me sonrió con un dejo de osadía en los ojos. ¿Y algo que parecía orgullo?

No estaba seguro. No estaba familiarizado con eso. Mi rostro ardió, sin embargo.

—Eh, creo que genio es exagerado.

Tully se rio y, para mi total horror, me puso la mano en la mandíbula y me tocó la mejilla con el pulgar. Sus ojos marrones, amables y cálidos.

—¿Por qué te sonrojas?

Oh.

Dios.

Mío.

Me puse tan rojo y mis mejillas ardían tanto que estaba seguro de que solo se podía medir en grados kelvin. Incluso podía sentirlo en la línea de mi cabello. Retiré su mano, dándole una mirada de "tus padres están justo ahí", ¿y qué hizo?

Se rio.

Su mano cayó sobre mi muslo, y la mantuvo allí, apretando mi pierna. Mi garganta de repente se sentía un poco apretada, así que tomé un sorbo de mi café y me atreví a mirar a los padres y al hermano de Tully.

Todos miraban a Tully. Su padre le estaba sonriendo,

aunque claramente sorprendido. Su hermano lo miraba como si le hubiera brotado una segunda cabeza, y su madre lo miraba con cariño.

Al menos no me estaban mirando. Comí más sándwich y fingí que todo este encuentro no era mortificante.

—Ah, Jeremiah ahora está a cargo de la oficina meteorológica de Darwin —dijo Tully, todavía cantando mis alabanzas, a las que no estaba acostumbrado, para nada—. Está viviendo conmigo.

Oh, genial.

Acababa de decirles que estábamos cohabitando. Ni siquiera que me quedaba en su casa, sino que vivíamos *juntos*.

Como en, no separarnos. No volver a Melbourne. Yo estaba *con él*.

Dejé escapar un suspiro largo, lento y algo tembloroso.

—Bueno, fui empujado en esa posición.

Oh…

¿Acababa de usar las palabras posición y empuje en una oración?

¿Frente a sus padres? ¿Y su hermano?

Quería morirme.

¿Era posible que el suelo se abriera y me tragara entero? Tal vez podría atragantarme con una uva.

Lo intenté. Sin suerte.

Tully se rio a mi lado, su cara demasiado cerca de la mía.

—¿Estás bien? —susurró.

—No. ¿No es mucho pedir un sumidero?

Se rio y besó mi hombro, luego me puso de pie.

—Está bien, nos vamos a ir.

—Oh, ¿firmaste lo que fuera necesario firmar? —pregunté. No lo había notado haciendo eso, pero todo había sido un torbellino.

—No. —Tully miró a su hermano—. Ellis me estaba mintiendo. Esto fue una emboscada.

Ellis sonrió.

—Solo quería ver si realmente existías, lo siento. Y avergonzar a Tully. Dado que mamá y papá estaban en la oficina, fue el momento perfecto.

—Oh.

De acuerdo, entonces.

Tully refunfuñó.

—Después de viajar diez mil kilómetros en dos días, tuvo que empacar todo en su apartamento, tal vez dormir pocas horas para llegar al aeropuerto a tiempo esta mañana, volar durante medio día, solo para llegar aquí y reunirse con mi familia sin previo aviso. —Me rodeó con el brazo—. Jeremiah tiene todo el derecho de estar enfadado contigo, Ellis.

Oh, dios…

—Eh, no, está bien —dije rápidamente.

Tully me dio un codazo.

—No, enfádate con él.

Negué con la cabeza.

—No, no. Está bien.

Ellis se puso de pie.

—Lo lamento.

Me encogí de nuevo en Tully y le di ojos suplicantes.

—Dije que está bien.

—¿Por qué no le gritas? —me instó Tully—. Arrójate sobre la culpa. Hazlo sufrir.

Oh, Dios.

Todo esto era una estratagema para reprender a su hermano.

Sonreí al señor y la señora Larson.

—Gracias por la comida y el café. Fue muy agradable conoceros. —Y luego a Ellis—. Y a ti también. Pero sí, debería irme. Necesito pasarme por la oficina esta noche.

Tully me pasó el brazo por los hombros, no sin antes volver a chinchar a su hermano, y me condujo hasta la puerta.

—¿Por qué no lo destrozaste? —preguntó—. Te lo he puesto a huevo.

—¡Porque se parece demasiado a ti!

Obviamente, lo dije demasiado alto porque Ellis se rio antes de que la puerta de la cafetería pudiera cerrarse, y Tully le sacó el dedo medio antes de salir y nos dirigimos hacia el coche.

Me senté en el asiento y Tully cerró la puerta. No podía creer lo que acababa de pasar. No podía ordenar mis pensamientos. Aparentemente, todo lo que podía hacer era tartamudearle a Tully mientras se sentaba al volante.

—Q...q... qué... Solo... acabo de conocer... ay, dios mío. ¡Esos eran tus padres!

La sonrisa irritantemente impresionante de Tully iluminó toda su cara estúpidamente hermosa.

—Está bien, primero, no tenía idea. Todo eso fue obra de Ellis. Entonces, lo siento por sorprenderte. Para nada era mi intención. —Se recostó en su asiento, todavía sonriendo, demasiado complacido consigo mismo—. ¿Pero sabes qué? No estoy enfadado por eso.

—Lo he notado.

—Pienso que ha salido bien.

—Dije las palabras posición y empuje en la misma oración, Tully. En sus caras.

Rio.

—Estoy bastante seguro de que les agradas.

—¡Nunca había conocido a los padres de nadie!

Me lanzó una mirada.

—Bueno, lo justo es justo. Nunca le había presentado a nadie a mis padres.

Lo miré.

—¿Soy el primero? Porque eso otorga mucha presión adicional que no necesitaba en este momento. Oh, Dios mío, Tully, deben pensar que soy… —Hice un gesto a mi ropa y cabello de haber estado viajando todo el día—. Parezco un vagabundo.

—Te ves perfecto.

Suspiré, mi mano en mi frente, incapaz de procesar…

—Oye, Jeremiah. Mírame —murmuró en voz baja. Lo hice, y su sonrisa se suavizó mientras estudiaba mi rostro por un largo segundo—. Me alegro de que hayas sido tú.

—¿Disculpa?

—Me alegro de que fueras el primero en conocer a mis padres. Como mi novio.

Nov…

Novio…

—¿Qué? —chillé.

Se rio entre dientes, se inclinó sobre mí y tiró de mi cinturón de seguridad. Nuestros rostros estaban a un centímetro de distancia, sus ojos encendidos.

—Novio. —Me abrochó el cinturón, el clic fuerte en el silencio—. Bueno, *estamos* viviendo juntos, así que...

Me sentía mareado.

—Tú... es eso... Tal vez nosotros...

Él sonrió.

—No. Novios es lo que somos. —Tomó mi rostro entre sus manos, plantó un suave y húmedo beso en mis labios, luego se recostó en su asiento y encendió el motor—. ¿Quieres ir a casa primero? ¿O directamente a la oficina?

Mi mente era una rueda girando sin el hámster.

—Eh...

Puso la marcha atrás en el coche y retrocedió.

—Tal vez deberíamos ir a la oficina primero, porque una vez que te lleve a casa, no veo que salgamos por un tiempo. Si sabes a lo que me refiero.

Lo siguiente que supe fue que íbamos camino a mi oficina.

—Pensé que se suponía que yo era el mandón.

—Lo eres. Pero no se puede ganar todo el tiempo.

—¿Entonces puedes declararnos novios sin consultarme?

—Correcto. ¿Cómo preferirías que te presente? —Miró de la carretera a mí—. ¿Amante? ¿Amigo con derecho a roce?

—Oh, Dios mío, no.

—¿Cohabitante meteorológico?

Lo miré con los ojos entrecerrados.

Él sonrió, victorioso.

—¿Ves? Novio es perfecto.

Suspiré, a pesar de que mi corazón estaba haciendo una extraña danza palpitante y yo estaba tratando de no sonreír.

—Nunca he tenido novio antes.

—Yo tampoco. O una novia. —Luego hizo una mueca—. Bueno, en realidad, no. Hubo algunas personas con las que salí algunas semanas o meses, pero nunca... —Se movió en su asiento—. Nunca fuimos como nosotros.

Nunca fuimos como nosotros...

—¿Como nosotros?

Volvió a moverse en su asiento y cambió las manos en el volante.

—Sí. Como estamos. Viviendo juntos y compartiendo cosas.

Tuve la impresión de que no era eso lo que quería decir.

Nos detuvimos en el aparcamiento de la Oficina de Meteorología, y cuando Tully detuvo el coche, me dio una sonrisa que no me sentó del todo bien.

—Está bien, aquí estamos —dijo rápidamente, y salió.

No estaba seguro de qué se trataba, pero la moto de Doreen estaba debajo de la cochera y no quería hacerla esperar.

Francamente, me asustaba.

Tully subió los escalones de la oficina y gritó:

—Hola, somos nosotros —mientras desaparecía en

el interior.

Lo seguí, entrando a trompicones en la oficina a oscuras para encontrar a Tully de pie junto a Doreen. Bruce, el perro peludo, estaba en la silla, mirándome como si tuviera que informarle. Tully estaba sonriendo, Doreen estaba mirando. Su camiseta tenía la boca y la lengua de los Rolling Stones con *Lame una Lesbiana* escrito debajo.

Lindo.

—Ja —casi me gruñó—. Me sorprende ver que regresaste.

¿Por qué todos pensaban eso?

—Te dije que volvería —dije—. No estoy completamente seguro de por qué el consenso general fue que renunciaría. Todavía no he tenido que renunciar a nada. Si crees que me falta la fortaleza intestinal…

Ella echó la cabeza hacia atrás y se rio.

—Puedo ver que tienes un montón de eso, chico.

Fruncí el ceño, sin saber cómo tomarlo.

—De todos modos, estoy muy agradecido de que pudieras reemplazarme y vigilar el fuerte mientras arreglaba mi antigua vida en Melbourne.

—Bueno, me diste dos semanas libres —dijo—. Lo menos que podía hacer era cubrirte un día. Solo trata de no hacerlo un hábito. Todavía estoy jubilada, solo que aún no estoy muerta.

Asentí, casi inclinándome ante ella.

—Gracias.

Me dio una palmada en el hombro, lo suficientemente fuerte como para hacerme tener que contrarrestar mi peso. Realmente necesitaba aprender a prepararme mejor. Luego recogió a Bruce y se acercó a la puerta. Señaló el radar Doppler.

—Se acerca una baja presión tropical desde Malasia. Han tenido fuertes lluvias e inundaciones localizadas. Pero también tenemos un cúmulo de tormentas atravesando las Filipinas. Si se encuentran en algún escenario de tormenta perfecta y giran hacia el sur, y parece probable que lo hagan, las cosas se pondrán muy feas. Lo he estado vigilando. Te sugiero que hagas lo mismo.

Miré la pantalla.

—¿Este frente se está moviendo directamente hacia ello?

Ella asintió solemnemente.

—Mmm.

Bueno, mierda. Eso no era bueno.

—Vale, gracias.

Con un adiós áspero, se fue, y unos segundos después su moto rugió y Bruce y ella se alejaron.

—Me asusta.

Tully se rio.

—Por eso la miraste directamente a los ojos y dijiste: "Si crees que me falta la fortaleza intestinal". —Sacudió la cabeza—. Si así es como reaccionas ante las personas que te asustan, no me sorprende que caminar hacia una tormenta eléctrica no sea un problema para ti.

Tuve que pensar en lo que dijo, lo que quiso decir.

—¿Fui abrasivo?

Tully, todavía sonriendo, negó con la cabeza y, con las manos en mi cara, me atrajo para besarme.

—Eres increíble, ¿lo sabías?

—No quise sonar desagradecido con ella. Tal vez

debería...

—Estuviste bien —murmuró—. Creo que le agradas.

—No quería tener que pedirle que volviera, ni siquiera por un día.

—Sé que no querías. Pero a ella no le importó. Seguro que, si no quisiera ayudar, te lo diría. —Suspiré y él me atrajo hacia sí, rozando su nariz con la mía—. Te he extrañado.

—Solo me fui por un día... —comencé, luego cuando sus ojos se encontraron con los míos, corregí—: treinta y cinco horas.

Su sonrisa era tan serena, pero luego miró a su alrededor.

—Bueno, haz lo que tengas que hacer. Tengo planes para ti esta noche que no involucran estar desnudo en tu oficina. Prefiero ver esos planes desarrollarse en la cama y no aquí.

Puse los ojos en blanco, pero me puse a hacer mi trabajo. Tully se ocupó en ordenar más estantes y en guardar todo el equipo viejo en cajas. Había hecho la mayor parte de eso durante mis primeras dos semanas aquí. Me ayudaba todos los días, incluso gastó su propio dinero en comprarme monitores nuevos y arregló una segunda silla que encontró en la esquina.

Pero dado que no tenía mucho que hacer, después de solo una hora, estaba aburrido.

Y caliente.

No dejaba de molestarme con toques sensuales, masajes lentos en el cuello y abrazos por la espalda con suaves susurros en mi oído.

—Por favor, dime que no estaremos aquí mucho

tiempo —murmuró—. A menos que quieras follarme sobre el panel de control. —Señaló con la cabeza los radares—. No estoy seguro de que esos interruptores sean demasiado cómodos, pero estoy dispuesto a intentarlo. No quiero esperar más.

Podía sentir su excitación presionando contra mi trasero, y cuando no repudié su idea, su sonrisa se amplió y apoyó la espalda contra el tablero del panel y me arrastró con él.

—¿Dónde está el monitor de correa del pecho? —preguntó pasando su mano por mi culo—. ¿Está en tu maleta en el coche?

—No lo usaré durante el sexo.

Se rio.

—Oh, claro que lo *usaremos* durante el sexo. Podemos ponérnoslo por turnos. Insisto en que lo hagamos. —Pero luego tiró de mis caderas hacia las suyas y metió su lengua en mi boca, así que no pude discutir.

Odiaba que eso funcionara.

Dios mío, se sentía tan bien contra mí, y cuando empujé mi peso sobre él, levantó una pierna y la enganchó alrededor de mi trasero. Sostuve su rostro y lo besé, abriendo su boca con la mía, inclinando nuestras cabezas para poder darle más de mi lengua.

Hizo un sonido gutural que me retorció por dentro y me arañó la espalda.

¿Estaba realmente a punto de hacer esto aquí?

¿En mi trabajo? ¿En el tablero de control?

Dios, creo que lo estaba…

¿Cómo era esto incluso mi vida ahora? Yo… haciendo esto, con un hombre hermoso como Tully…

Algo emitió un pitido y él gimió. Intentó abrir las piernas y lo aprisioné contra los paneles, apretándome contra él como un adolescente cachondo. Dios mío, era tan espontáneo. Tan travieso.

Tan caliente.

Algo volvió a sonar y sonrió contra mi boca.

—Estás a punto de hacerme estallar —dijo y luego me besó de nuevo, más profundo, más frenético—. Vas a follarme…

Pitó de nuevo, y luego de nuevo, y de nuevo, y de nuevo.

Traté de ver qué era, sin querer quitar mi boca de la suya, sin querer detenerme…

—¿Ese es tu reloj? —preguntó—. Quítatelo.

Pero no era mi reloj.

Entonces vi lo que estaba sonando.

—Joder.

—Oh, sí —susurró Tully—. Necesito desnudarme.

—No. Mierda —dije dando un paso atrás y dejándolo ponerse de pie. No podía apartar los ojos de la pantalla—. Mierda, Tully.

Si podía ver la seriedad en mis ojos, o si era mi voz, no estaba seguro. Pero él siguió mi línea de visión.

—¿Qué sucede?

—Esa es una advertencia de detección temprana.

El carrete de datos comenzó a girar y destellaron más luces.

—¿Una advertencia de detección temprana para qué?

Encontré su mirada, mi corazón latía con fuerza.

—Un ciclón.

CAPÍTULO TRES

TULLY

Observé el radar. Jeremiah encendió algunos interruptores e hizo que el pitido se detuviera.

—Pero eso no llegará, ¿verdad? Está muy lejos.

Jeremiah no respondió.

En los siguientes segundos, tenía el teléfono pegado a la oreja y estaba buscando en un radar mientras leía datos en otro.

Debería haberlo sabido entonces.

Nada lo asustaba.

Pero ahora parecía un poco asustado.

Miré el radar que había estado sonando, el mismo que Doreen había señalado. Ella había estado viendo algo en él, estaba lo suficientemente preocupada como para mencionarlo…

En el radar parpadeante, una enorme banda de nubes se movía por Asia. Se dirigía hacia el sureste, llevado por una baja presión tropical. Una enorme banda de lluvia en espiral, con intensas lluvias que se extendían hacia afuera desde el centro. Y ahora estaba proyectando un camino para cruzar tierra sobre Darwin.

—Sí, una alerta inicial de ciclón tropical… Sí, lo sé —dijo Jeremiah—. Si continúa… Así es, oficialmente es un ciclón al que hay que vigilar… No, señor… Sí, es correcto, señor, creo que estaríamos ante uno de Categoría 5.

Sus ojos se encontraron con los míos, y sentí que la sangre se me escapaba de la cara.

Categoría 5.

Madre del amor hermoso.

Se pasó la mano por el cabello, asintió y habló por teléfono.

—Emitiré el CXML, pero llevará algo de tiempo… porque los instrumentos aquí pertenecen a un maldito museo.

Terminó la llamada y arrojó su teléfono al panel, luego tocó el radar, sus ojos se encontraron con los míos.

Serio.

—¿Categoría 5?

Asintió.

—Si su trayectoria no cambia. No hay nada más que aire caliente en su camino y simplemente va a ganar fuerza.

Categoría 5.

Hizo un gesto hacia otra pantalla.

—Tiene perfectas condiciones. No hay nada entre allá y aquí que lo detenga.

—¿Cuándo? —pregunté—. ¿Cuándo estará aquí?

—Cinco días.

—¿Cinco? Eso es un tiempo. Cualquier cosa puede pasar entre ahora y entonces. ¿Por qué no está en ese radar todavía? —Señalé otra pantalla.

—Porque está fuera de las aguas australianas. Este radar… —Señaló el más viejo—. Está rastreando. Compartimos datos con el Comité Internacional…

—Pero podría disiparse, ¿verdad? ¿Podría perder impulso, cambiar de trayectoria?

Sus ojos se encontraron con los míos, y pude ver que estaba tratando de entender por qué no le creía.

—Podría —admitió—. Y realmente espero que así sea. Pero la probabilidad de que continúe como se proyectó es alta. Tenemos estas medidas implementadas por una buena razón, Tully. Ahora es oficialmente un ciclón al que vigilar. Si se mantiene en el camino y llega a aguas australianas, se actualizará en el tercer día a una alerta. La gente necesita saber para poder tomar decisiones informadas. Incluso si el ciclón disminuye, todavía habrá advertencias de inundación, advertencias de viento, condiciones peligrosas para el oleaje. Avisos de tormenta severa, lluvia, granizo. Si la gente quiere evacuar, puede hacerlo. De cualquier manera, la gente necesita abastecerse de lo esencial y prepararse.

Nuevamente, la sinceridad con la que habló, la urgencia subrayada con miedo, me dijo todo lo que necesitaba saber. Lo que fuera que se avecinaba era suficiente para poner ese borde de preocupación en sus ojos.

Saqué mi teléfono, encontré el número que buscaba y presioné Llamar.

—Tully —respondió papá alegremente—. Tu madre

y yo estábamos hablando de ti. ¿Qué pasa? Pensé que estarías ocupado esta noche con tu nuevo hombre. Tengo que decir que nos sorprendió conocerlo. Sé que fue obra de tu hermano, pero, aun así, nunca nos has presentado con ningún…

—Ah, papá —dije—. Disculpa por interrumpir. Estoy con Jeremiah en este momento. Vinimos a su trabajo antes de irnos a casa. Sé que tienes gente que vigila el clima y esos asuntos, pero la oficina emitirá una alerta oficial de ciclón. Se está enviando ahora.

—¿Es esa tormenta frente a la costa de Malasia? Joseph ya lo está monitoreando, y ya hemos cambiado las rutas de envío. Tú lo sabes.

—Sí, bueno, Jeremiah dice que se dirige hacia nosotros. Y ahora mismo estoy mirando un radar que nos dice que Darwin será golpeado directamente, papá. Y un posible categoría 5 cuando llegue aquí.

Hubo un latido de silencio y luego el suave golpeteo en un teclado.

—¿Un categoría 5, dijiste?

Jeremiah asintió.

—Sí, papá. No es bueno. Tenemos menos de cinco días para cargar todos los barcos y sacarlos del puerto.

Hubo un pitido familiar de una llamada entrante.

—Ese es Joseph llamándome ahora. Cristo todopoderoso. Gracias por llamar, Tull.

La línea se cortó y Jeremiah me dio un apretón en el brazo. Pero entonces otro radar empezó a sonar, y las pantallas de datos mostraban información tan rápido que casi se desdibujaban.

Jeremiah estaba accionando interruptores y leyendo pantallas como un loco.

—Argh, ¿por qué todo es tan malditamente viejo?

Su teléfono volvió a sonar, y estaba hablando de estadísticas y datos muy rápido a quienquiera que fuera, y aproximadamente un minuto después, una moto familiar regresó al patio. Doreen, con Bruce bajo el brazo, entró pisando fuerte en la oficina.

—¿Estuve fuera por un jodido minuto y emitieron un mapa de seguimiento en un Cat 5? ¿Y me entero de ello en la maldita radio?

Él señaló la pantalla del radar y el rostro de ella palideció.

—Maldito infierno —murmuró. Entonces gruñó—: No fue tan malo cuando yo estaba a cargo. ¿Qué diablos le estás haciendo al mundo?

Él le lanzó una mala mirada e ignoró a la persona con la que estaba hablando por teléfono.

—Como si yo hiciera esto —le dijo—. Necesitamos ejecutar el CMXL.

No sabía qué era eso, pero ella hizo lo que él le pidió, y luego, como un solo ser con cuatro brazos, los dos trabajaron juntos en ese panel.

Mis esperanzas de llevar a Jeremiah a casa para pasar una noche de sexo ardiente se desvanecieron, pero ni siquiera me importó demasiado. Porque seguro que fue increíble verlo en el trabajo.

Dejando de lado los ciclones tropicales de categoría 5 que amenazan la vida.

Él era un profesional. Estaba a cargo, haciendo todo

al mismo tiempo. Recibiendo llamadas telefónicas, haciendo llamadas, dirigiendo información y datos.

Ayudé en lo que pude. Les pedí pizza para la cena. Jugué con Bruce. Lo saqué para ver la tormenta cuando se puso el sol. Y alrededor de las diez, todo se había calmado lo suficiente como para que se detuvieran.

—¿Que hacemos ahora? —pregunté.

—Ahora esperamos —dijo Jeremiah—. Y observamos.

Doreen estiró la espalda.

—Ahora nos vamos a casa. No vas a dormir mucho esta semana. Duerme un poco esta noche. Nos vemos a las seis.

—No necesitas volver —dijo Jeremiah, poniéndose de pie—. Respeto tu decisión de retirarte y, francamente, te mereces un descanso. Has manejado este lugar desde siempre por tu cuenta, y yo…

—Hijo, tienes un Cat 5 en tus manos. Dije que estaré aquí a las seis. —Ella lo golpeó en el hombro de nuevo y él cayó sobre el panel de control. Cuando se recompuso, Doreen y Bruce ya habían salido por la puerta.

Se frotó el brazo e hizo una mueca.

—De acuerdo, entonces.

Riendo, acuné su rostro.

—Vamos a llevarte a casa. Has tenido un gran día.

Él asintió con un suspiro.

—Sí, genial.

Hizo lo que tenía que hacer con el panel de control, cerramos todo y nos fuimos a casa. Estaba en silencio en el camino, aunque noté que sus parpadeos se hacían más largos y lentos.

—Casi en casa —dije tomando su mano.

—Gracias por hoy. Por la pizza. Por quedarte conmigo.

—No necesitas agradecerme. Es lo que hacen los novios.

Resopló y negó con la cabeza.

—Me olvide de eso.

Jadeé, fingiendo mi horror.

—¿Cómo pudiste olvidarlo?

—Tuve una noche ocupada.

Seguro que sí.

—¿Crees que nos golpeará?

Sus ojos se clavaron en los míos y asintió.

—Desafortunadamente, se ve de esa manera. Simplemente no hay nada para evitarlo. De hecho, el camino en el que se encuentra solo lo hará más fuerte.

—Entonces todo lo que podemos hacer es estar preparados —dije tratando de animarlo—. Has enviado todas las alertas que puedes, lo estás rastreando, los satélites están monitoreando cada pequeña cosa. —Apreté su mano—. Darwin aprendió mucho después del ciclón Tracy. Todas las construcciones nuevas deben cumplir con los estándares de construcción de ciclones. Esta vez nos irá mucho mejor.

—¿Qué pasa con las comunidades remotas? —La comisura de su boca se volvió hacia abajo—. ¿Qué hay de ellos?

—Habrá evacuaciones y serán trasladados a lugares más seguros. —Le di un pequeño apretón a su mano—. Jeremiah, esa no es tu responsabilidad. Emitiste las alertas tan pronto como pudiste. Les diste la mayor antelación posible. Esa es tu responsabilidad, y lo has hecho bien.

—Nunca… —Suspiró y luego comenzó de nuevo—. Nunca había tenido que emitir alertas por un ciclón. Nunca he estado a cargo antes.

Disminuí la velocidad hacia mi camino de entrada y esperé a que se abriera la puerta del garaje.

—Cariño, lo harás genial. Ya lo has hecho genial. Y Doreen se queda. Ella ha pasado por esto antes. Vosotros dos seréis el mejor equipo para el trabajo.

Aparqué y él todavía no había dicho nada, así que salí y caminé hasta su puerta.

—Vamos, vamos a llevarte a la cama.

—Mi equipo…

—Puede esperar. —Tomé su mano y lo ayudé a salir del coche y lo conduje directamente por las escaleras hasta mi baño privado—. Necesitas una ducha con agua caliente y dormir —dije sacándole la camisa por la cabeza y pellizcando su pezón solo por diversión.

Apartó mi mano y se frotó el pectoral.

—Ay.

—Lo siento. Es lo que hacen los novios.

Puso los ojos en blanco y se quitó los zapatos y los calcetines mientras yo preparaba la ducha para él. No iba a unirme a él, pero verlo desnudo y mojado, con la cabeza hacia atrás y los ojos cerrados…

Me desnudé y entré tras él, mis manos en sus caderas, mi pene contra su trasero, mis labios en la nuca. Gimió bajo el chorro de agua, dejando caer su cabeza sobre mi hombro. Tomé el jabón y comencé a lavarle el pecho, los brazos.

—¿Es esto lo que hacen los novios? —murmuró, su voz áspera.

Le di la vuelta y lo empujé contra las baldosas, apretando mi boca contra la suya, agarrando sus testículos y acariciando su erección.

Gimió en mi boca y pasó sus manos por mi espalda, mi trasero y finalmente mi polla. Nos llevamos al orgasmo, una mezcla de jabón, vapor y sexo. Y cuando se derrumbó contra mí, lo sequé y lo llevé a la cama.

Apoyó su cabeza en mi pecho, su respiración era profunda y uniforme, y envolví con mis brazos alrededor de él con fuerza. Se acurrucó y murmuró algo que no escuché del todo.

Besé la parte superior de su cabeza.

—¿Qué dijiste?

—Es lo que hacen los novios.

Me reí y le di otro beso, porque sí, aparentemente esto, ser cercano, ser cariñoso y ser tan feliz, era exactamente lo que hacían los novios.

***

Jeremiah se levantó y se fue antes de las seis. Tomó el Jeep. Nunca sabría por qué lo prefería al Rover más nuevo, pero de alguna manera le sentaba bien. Y con la casa vacía y el sol apenas saliendo, me fui temprano al trabajo.

Tuve tiempo libre cuando llevé a Jeremiah al búnker y algunas tardes aquí y allá durante las últimas dos semanas para ayudarlo a mantener su oficina a la altura de algún tipo de estándar.

Sabía que habría mucho que hacer en la oficina para ponerme al día, así que llegar temprano era lo mínimo que podía hacer. Además, el ciclón inminente significaba que la industria naviera se había puesto a toda marcha.

Respondí a todos mis correos electrónicos y tomé mi primer café cuando llegó papá, asomando la cabeza por la puerta.

—Estás aquí temprano.

—Supuse que estaríamos ocupados —dije.

Asintió.

—Gracias por el aviso de anoche. Ventajas de ser un observador de tormentas, ¿eh?

—Bueno, llegamos a la oficina de Jeremiah y los radares de la oficina comenzaron a sonar.

—Ah —dijo—. Me encanta recibir información interna de primera mano. —Entró en mi oficina con una mirada incómoda en su rostro y supe que estaba a punto de decir algo sobre ayer—. Entonces, Jeremiah, ¿eh? Tu madre y yo nos preguntábamos por qué no te habíamos visto mucho últimamente, y tu hermano nos dijo que habías conocido a alguien.

Suspiré, pero estúpidamente no pude evitar sonreír ante la mención de su nombre.

—Sí. Jeremiah. Es eh… Es un tío genial.

—¿Y él se queda contigo?

—Sí. Se suponía que era algo temporal. Dado que no tenía aviso sobre aceptar el trabajo aquí.

—¿Pero ahora no es temporal?

—Me gustaría que no lo fuera —admití—. Realmente no hemos hablado de eso. Ayer volvió con algo de equipo. Nos reunimos con vosotros, luego fuimos directamente a su oficina y recibimos la advertencia de ciclón. Realmente no tuvimos la oportunidad de hablar mucho.

Sin embargo, tuvimos la oportunidad de pajas mutuas en la ducha…

—Realmente te gusta —dijo papá—. Ayer fue bueno verte feliz con él. Tu madre está sobre la luna. Finalmente llegar a conocer a tu… tu…

—Novio.

Él sonrió ante la confirmación.

Entonces, como un grano que aparece repentinamente, mi hermano Ellis entró.

—Oh, si no es el pequeño Tully-wully enamorado que no podía quitar las manos de la cara de su novio ayer.

Le tiré la grapadora a la cabeza. La desvió con su brazo y golpeó el suelo, separándose en pedazos.

—Ay.

Papá resopló.

—Recoge eso.

Se frotó el antebrazo.

—Me lo tiró.

—Te lo merecías —dijo papá.

Ellis se burló de mí y le mostré el dedo medio. Recogió la grapadora y todas las grapas y las dejó en una pila sobre mi escritorio.

Papá estaba de vuelta en modo jefe.

—Reunión a las nueve en la sala de juntas.

Se fue y Ellis se sentó en la silla frente a mi escritorio.

—Entonces, ciclón, ¿eh?

Suspiré.

—Sí. Jeremiah está bastante seguro de que cruzará tierra por encima nuestro. Podría cambiar. Ojalá se rebaje.

Me miró por un segundo.

—Realmente te gusta, mucho.

No era una pregunta.

Asentí.

—Quiero decir, has tenido citas antes, pero nunca te he visto ser tan sensible con ellos como lo fuiste con él.

—Cállate la boca —le dije en broma.

Negó un poco la cabeza.

—Sus ojos. Son tan azules que es raro.

—No es raro —le espeté. No estaba bromeando esta vez. Claro, cuando conocí a Jeremiah, pensé lo mismo. Pero después de conocerlo y saber que la gente lo había llamado friki y raro toda su vida, no pude evitar ponerme a la defensiva.

Ellis levantó las manos.

—Está bien, cálmate. —Me miró de nuevo, y si estaba esperando una disculpa, no la iba recibir—. Lo entiendo. Lo siento —dijo—. *Realmente* te gusta este.

—Él no es un *este*. —No estaba del todo seguro de si Jeremiah era el elegido, pero escuchar que le faltaban el respeto realmente me irritó. Cogí la grapadora—. A menos que quieras explicarle al médico de urgencias cómo se te metió esto en el culo, cierra la puta boca.

Ellis sonrió y suspiró.

—Vamos a redoblar la velocidad de descarga

tratando de liberar los barcos para que puedan regresar al mar, lejos de la tormenta.

Estaba bien enterado.

—Sí.

—Papá dijo que estabas en la oficina meteorológica cuando saltó la alerta. Debe haber sido genial.

Sonreí al recordar a Jeremiah en su elemento, al mando.

—Lo fue, sí.

CAPÍTULO CUATRO

JEREMIAH

Ciclón Hazer.

Cuando el centro de la tormenta tropical que se acercaba alcanzó vientos de más de sesenta y tres kilómetros por hora, se le dio un nombre. En conjunto con el Comité Regional de Ciclones Tropicales de la Organización Meteorológica Mundial, y dado que el ciclón técnicamente se había originado en Indonesia, fue nombrado allí.

Lo que significaba que no pude asignar el nombre.

Y por eso, estuve agradecido.

No quería esa responsabilidad. Me sentía lo suficientemente mal por haber sido yo quien inició las alertas de advertencia.

Claro, era emocionante y probablemente lo que soñaban la mayoría de los meteorólogos, pero el peligro era real. Y sabiendo que vendría…

No era tanto la emoción como el temor.

El mundo meteorológico estaba alborotado con las noticias, pero yo no quería esto.

Quería relámpagos y truenos. Quería espectáculos de luz de furia y poder. No caminos de muerte y destrucción.

Sabiendo que Doreen llegaría a las seis, preparé dos cafés y le entregué uno cuando cruzó la puerta.

Dio un sorbo a su café y estudió las pantallas de radar.

—¿Cómo se perfila?

—Justo en la trayectoria —dije—. Ciclón Hazer.

—¿Tiempo que nos queda?

—Unos cinco días.

Ella asintió como si ya lo supiera.

—Mierda.

—Sí.

Hicimos lo que había que hacer durante una hora (comunicaciones con el Comité Mundial de Ciclones y confirmación de datos con la oficina central) hasta que Doreen se puso de pie y recogió a Bruce.

—Bueno, bien podemos hacer turnos por los próximos días; no tiene sentido que los dos estemos aquí todo el tiempo. Regresaré a las ocho de la noche para el turno de noche, y puedes empezar mañana a las seis. ¿Qué te parece?

Ella no esperó a que respondiera. Con otro golpe en mi hombro, se fue.

—Me parece genial, gracias —le dije a la habitación vacía.

Porque *era* una buena idea. Estaba agradecido de que ella estuviera aquí. Y aunque mi nombre ahora estaba encima del de ella en la lista de jefes, ambos sabíamos quién estaba al mando.

No me importaba.

No era una toma de poder. Este era un desastre natural inminente. No era hora de un concurso de meadas. Era el momento de ponernos manos a la obra y trabajar en equipo.

Además, me agradaba Doreen.

Me gustaba que ella no fuera un incordio, o fuera estúpida. Muy lejos de mis antiguos colegas de Melbourne. Y cuando pasara este ciclón y ella volviera a su jubilación, incluso podría extrañar su compañía.

Pensé que me gustaría estar solo. En Melbourne, básicamente había trabajado por mi cuenta, y dado que este puesto era un trabajo de una sola persona, esperaba estar solo.

Pero desde que empecé, tuve a Tully conmigo casi todos los días, arreglando la oficina, actualizando las dos viejas pantallas de caja sobre el tablero a televisores de pantalla plana y familiarizándome con el viejo tablero. Entonces hice que Doreen viniera a ayudar, y… por primera vez en mi carrera, tenía un compañero de trabajo que me gustaba, en quien confiaba. Que respetaba, y que me respetaba.

Fue un cambio agradable y reforzó que había tomado la decisión correcta al estar aquí.

Justo después de las nueve de la mañana, una furgoneta blanca se detuvo en el patio. Al principio pensé que era una furgoneta cazatormentas con el radar y las antenas en la parte superior, pero luego vi el pequeño logotipo de noticias en la puerta.

Excelente.

Se bajó una mujer con una chaqueta terrible y un micrófono, seguida por el conductor que resultó ser también el camarógrafo. Me encontré con ellos en la puerta, sin saber qué hacer o decir y deseando por Dios que Doreen todavía estuviera aquí. Aunque la camiseta que había usado hoy, con un lindo gato lamiéndose la pata y las palabras *Lamo Coño* necesitaría ser difuminada en la televisión, pero al menos no habría sido yo…

—¿Puedo ayudarlos? —pregunté bajando los escalones para encontrarme con ellos.

—Lindsey Ashley, Canal 4 —dijo con esa voz que usaban los lectores de noticias—. Nos gustaría hablar con alguien sobre la última advertencia de ciclón y quizá lo que nuestros espectadores pueden esperar en los próximos días.

—Ah… —Querido Dios—. Bueno, ese sería yo, supongo. Soy el único aquí.

—¿Y usted es?

—Doctor Overton, meteorólogo. Sin embargo, estoy seguro de que puede apreciar que es mejor pasar mi tiempo en otro lugar. —Hice un gesto hacia la puerta—. Esta oficina se maneja manualmente, y tengo muchas cosas en este momento.

—No lo retendré mucho tiempo —dijo como si no tuviera otra opción.

El camarógrafo se movió para obtener un mejor ángulo, lo que aparentemente era más cerca.

Mucho más cerca.

—Y estamos rodando —murmuró.

—El doctor Overton se une a nosotros de la Oficina

de Meteorología de Darwin. Le agradecemos su tiempo, Entendemos que está increíblemente ocupado. Creemos que la alerta de advertencia inicial provino de esta oficina.

La cámara me enfocó.

Traté de no ser un conejo alumbrado por los faros. Mantuve mis ojos en ella y no en la cámara, maldiciendo a Doreen por no estar aquí, con su camiseta tosca y su perro ladrador.

Y su bate de béisbol.

—Ah, sí, eso es correcto —dije.

—¿Qué puede decirnos sobre la tormenta que se aproxima? El ciclón Tracy devastó Darwin en 1974, y los horrores de eso todavía están frescos en la mente de muchos darwinianos. ¿Veremos una repetición del ciclón Tracy?

No provoques pánico, no provoques pánico. Solo sé fáctico.

—Tracy era un categoría 4 y Hazer se perfila como un categoría 5. El último Cat 5 que vimos fue Ita, que devastó partes del extremo norte de Queensland, aunque Ita cruzó tierra como Cat 4 en un área despoblada y se desvió. Se espera que Hazer haga contacto directo con Darwin como Categoría 5. Veremos lluvias de hasta quinientos milímetros, lo que provocará inundaciones y vientos destructivos de hasta doscientos veinte kilómetros por hora. Estoy seguro de que ha habido cambios en la construcción desde los años setenta para resistir mejor tal destrucción, sin embargo, insto a todos los residentes a escuchar a los servicios de emergencia y la policía. Si se recibe una orden de evacuación, hay que prestar atención a esas advertencias. Es probable que haya interrupciones en los servicios esenciales, así que hay que estar preparados; abastecerse de alimentos y agua, garantizar la seguridad de las personas mayores en su vida y las mascotas. Y si pueden irse fuera, sugiero que lo hagan.

Me miró fijamente antes de parpadear un par de veces, aparentemente para ordenar sus pensamientos.

—Esa es una advertencia sombría —dijo.

No estaba seguro de qué partes de lo que había dicho no entendía. ¿Se suponía que debía endulzarlo?

—¿Hay alguna posibilidad de que el ciclón cambie de rumbo?

Me resistí a suspirar y logré asentir en su lugar.

—Al igual que con cualquier cálculo relacionado con el clima, siempre hay una posibilidad, y estaré muy feliz de que se demuestre lo contrario en este caso. Pero tal como está ahora, podemos esperar que la tormenta comience a acercarse con lluvia torrencial y fuertes ráfagas de viento. Hazer está en camino de llegar a Darwin por la mañana dentro de cinco días. Cualquier cambio se actualizará a medida que ocurra, y los ciudadanos serán notificados como una prioridad.

Un radar comenzó a sonar adentro y tomé eso como mi señal.

—Gracias por su tiempo —dije subiendo dos pasos antes de que me detuviera.

—Doctor Overton —dijo—. ¿Puede decirnos qué esperar?

Pensé que ya lo había hecho.

—Hemos tenido otras advertencias de ciclones en Darwin antes —dijo—, que nunca ascendieron a mucho, y tiende a haber complacencia…

Sin paciencia, miré directamente a la cámara.

—Este será un evento meteorológico *significativo*. Escuchen los anuncios de los servicios de emergencia. Si no necesitan estar aquí, mejor que no lo estén.

Entonces me di la vuelta y entré, cerrando la puerta detrás de mí. No tuve tiempo de pensar en lo mal que había ido esa entrevista porque durante las siguientes horas tuve más datos, más comunicaciones con otras agencias y no tuve tiempo para preocuparme por reportajes de segunda categoría.

Otra camioneta de noticias se detuvo en el aparcamiento, un hombre con traje esta vez llamó a la puerta, y los ignoré.

Y luego mi teléfono comenzó a sonar con números desconocidos. Cómo consiguieron mi número, nunca lo sabré. Solo podía suponer que obtuvieron mi nombre de la entrevista que había hecho antes… Las primeras personas que llamaron afirmaron ser de algunos canales de noticias de los que no había oído hablar, para los cuales me negué a comentar, y después de un tiempo, cambié mi teléfono a silencio.

Después de eso, en mi pequeña oficina oscura, haciendo una docena de cosas a la vez, perdí por completo la noción del tiempo. No fue hasta que un Range Rover familiar se detuvo en el patio que miré mi reloj. Eran más de las seis. Pero luego un hombre desconocido salió del coche.

Hice una doble toma en la cámara de seguridad.

Quiero decir, era familiar.

Pero, oh, chico, se veía diferente.

Tully subió los escalones de dos en dos y me apresuré a abrir la puerta antes de que pudiera intentar abrirla. Abrí la puerta hacia dentro y lo miré de arriba abajo.

—Eh, hola, extraño —dije—. Aunque *eres* increíblemente hermoso, no compraré nada de lo que vendas porque ya tengo novio.

Su sonrisa se arqueó hacia arriba, confundido.

—¿Qué?

Hice un gesto hacia sus pantalones de traje, sus zapatos con cordones y su impecable camisa blanca con botones, su cabello recogido en una pequeña cola de caballo.

—¿Quién eres y dónde está el Tully que usa ropa vieja y nada de zapatos?

Puso los ojos en blanco.

—Te dije que uso ropa seria para trabajar. ¿No te gusta?

Observé cómo su camisa estaba metida en su estrecha cintura, cómo la columna de su cuello se veía contra el cuello de la camisa abierto. Su cabello… retirado.

—Oh, sí. Como digo, precioso. Pero también me gustan los pantalones cortos con los desgarros y las camisetas raídas.

Él sonrió y su voz se convirtió en un susurro sensual.

—Y me gusta cuando rechazas a extraños guapos

porque tienes novio.

Miró mi boca y lamió sus labios, acercándose para un beso.

Tiré de él, luego cerré y bloqué la puerta detrás de él. Se apoyó contra la pared y me atrajo hacia sí, su mano en mi cadera.

—Mi novio sexi e inteligente estuvo en todas las noticias hoy. En la tele y todo.

Bueno, eso fue un asesino del estado de ánimo.

—Oh, Dios. —Suspiré—. ¿Salí terrible? No esperaba una entrevista y no había preparado nada, y ella me hizo preguntas estúpidas. Luego apareció más gente y tantas llamadas telefónicas que apagué mi teléfono.

Tomó mi mano y estudió mis dedos.

—Lo sé. Llamé varias veces. Venía a ver si estabas bien. Estaba preocupado.

—Lo siento —susurré. Tomé su rostro entre mis manos y lo besé suavemente—. He estado tan ocupado.

—Supuse que ese era el caso, pero aun así… Tenía que venir a ver si estabas bien. —Me atrajo hacia él de nuevo, su espalda contra la pared, su mano serpenteando desde mi cadera hasta mi mandíbula, y acercó mi rostro para otro beso.

Un beso más profundo, bocas abiertas y el sabor de su lengua.

Maldición.

Me hizo olvidar dónde estaba, qué se suponía que debía hacer. Casi olvido cómo respirar.

Hasta que mi estómago gruñó tan fuerte que lo hizo reír.

—¿Hambre de algo? —murmuró, sus labios húmedos e hinchados.

—Sí —respiré, tocando con la punta de mi dedo su labio inferior. Fui a besarlo un poco más, pero luego mi estómago gruñó de nuevo, y él sostuvo mi rostro, su sonrisa ya no estaba.

—¿Qué comiste hoy?

—Ah, yo eh… —Oh, oh—. Me olvidé. Estaba ocupado y yo…

Suspiró y me pellizcó la barbilla entre el pulgar y el índice.

—Tienes que cuidar de ti —reprendió cálidamente—. Tienes que acordarte de comer. Sé que estás ocupado y estresado, pero, Jeremiah, no serás de ayuda para nadie si estás enfermo.

Abrí la boca para discutir, porque podía cuidarme muy bien, justo cuando algo en la consola comenzó a sonar. Suspiró de nuevo y apretó mi mano.

—Volveré con algo de cenar. —Fue a abrir la puerta y la encontró bloqueada, dándome una mirada perpleja.

—Reporteros y… solo gente en general, de verdad.

Él se rio entre dientes mientras salía.

—Vuelvo enseguida.

No me acordé de darle las gracias hasta que ya se había ido. No estaba acostumbrado a que alguien me cuidara, así que hice una nota mental para esforzarme más.

Apagué el pitido y subí los datos más recientes a las noticias. El hecho de que todavía tuviera que hacer esto manualmente era un testimonio de la edad de este equipo, y después de este ciclón, si este edificio siguiera en pie, oficialmente estaría solicitando una actualización completa.

Cuando Tully volvió con una bolsa de comida para llevar, se sentó en la silla de Doreen y me acerqué y le apreté la mano.

—Gracias —dije—. No quise sonar desagradecido antes. Aprecio todo lo que haces. No estoy acostumbrado a que nadie me cuide, así que mi primera reacción instintiva es ponerme a la defensiva, y quiero que sepas que no es un reflejo de ti, sino de mí mismo.

Me estudió por un rápido segundo antes de acercar su silla y darme un beso rápido.

—Lo sé. Pero gracias por decirlo.

—Soy muy nuevo en esto, y estoy establecido en mi rutina. Y no quisiera ofenderte o darte por sentado nunca, así que si alguna vez sientes que no te respeto o no te aprecio, por favor dímelo. Lo que podría ser evidentemente obvio para otras personas se me escapa un poco, y solo quiero que lo sepas. —Me encogí—. Que probablemente tendrás que decirme que pare de vez en cuando para sacar la cabeza de mí culo.

—Oh, no te preocupes. Te lo diré. —Me sonrió—. Pero gracias. Sé que no es fácil para ti. Soy más un chico de hablemos de nuestros sentimientos, y la idea de hacer eso te hace querer morir. Lo entiendo. No tiene nada de malo. Así es como nos criaron.

Abrí la boca para discutir ese punto, pero todo lo que había dicho era la verdad.

Se encogió de hombros.

—Así que solo tengo que ser más sensiblero contigo hasta que te acostumbres.

Resoplé.

—Excelente.

—Pero se sintió bien escuchar que me llamaste tu novio. —Me dio una de sus sonrisas asesinas y me entregó un contenedor de comida para llevar—. Ahora come algo o me enfadaré.

Olía tan bien, y realmente me di cuenta de lo hambriento que estaba. Nos había comprado a cada uno un paquete de refrigerios de gyros, que era básicamente carne de res gyros sobre patatas fritas con aderezo de yogur griego y una mezcla de ensalada.

Fue lo mejor que jamás había comido.

Estaba a medio terminar la primera vez que levanté la vista para encontrarlo sonriéndome.

—Te estabas muriendo de hambre.

—Mm —tararé con la boca llena de comida—. Está delicioso.

Se rio y clavó un poco de carne y patatas fritas con su tenedor.

—Entonces, antes, cuando dije que estabas en las noticias —dijo—. Me refiero a todos los canales locales. Y en la radio de camino a la tienda de kebab hace un momento.

Puaj.

Puse los ojos en blanco y gemí.

—Es vergonzoso. Aunque desde entonces he dominado el "No estoy disponible para comentar en este momento. Estén atentos al canal meteorológico de la oficina para ver las actualizaciones". Realmente no pensé cuán oficial sería mi comentario. No estoy acostumbrado a gestionar comunicados de prensa.

Sus ojos se suavizaron.

—Lo hiciste genial. No mediste tus palabras.

Hice una mueca.

—¿Fui demasiado directo? Mi franqueza tiende a meterme en problemas. —Me encogí de hombros—. Pero no veo el sentido de endulzar nada, especialmente cuando se habla de la severidad de la tormenta que se avecina. Sé que no me corresponde a mí emitir advertencias sobre evacuaciones y demás, pero me preguntó qué pueden esperar los residentes de Darwin. Con razón, deberían esperar evacuar.

Entonces lo miré.

Oh.

—Deberías irte —agregué con un nudo de temor solidificándose rápidamente en mi estómago—. Tu familia y tú. Haced lo que tengáis que hacer con vuestros envíos…

—No voy a irme.

—Tully, es una respuesta razonable. No hay ninguna razón por la que debas quedarte. Si tienes la oportunidad y los medios para irte, deberías hacerlo.

Sus ojos marrones se encontraron con los míos, curiosos y un poco heridos.

—¿Tú te vas? —preguntó.

—No, no puedo —respondí, señalando los paneles de control—. Tengo que quedarme.

—Entonces, yo también. —Sus ojos se encontraron con los míos, escudriñando y sin pestañear—. Y tengo una razón para quedarme.

—Lleva a tu familia contigo…

—Mi familia no, Jeremiah —dijo bruscamente—. Tú.

—Yo no valgo…

—¡¿Quieres escucharme?!

Eso me detuvo, incluso retrocedí.

—¿Qué?

—No te sientes ahí y me digas que no vales la pena. ¿Qué vale la pena, Jeremiah? ¿Qué no vales, exactamente? ¿Qué no vale tu vida?

Oh, vaya.

En realidad, estaba enfadado conmigo.

—No quise decir eso —murmuré ahora mirando mi cena a medio comer, habiendo perdido todo el apetito —. Solo quise decir…

Puso su contenedor en el escritorio del panel de control, luego tomó el mío y lo puso allí también. Me tomó las manos y nos hizo girar para que nuestras rodillas se tocaran.

—Jeremiah, mírame.

Mis ojos se encontraron con los suyos, y donde esperaba ver ira, solo había tristeza.

—Lo siento —murmuré rápidamente.

—Vale la pena quedarse por ti.

Sus ojos estaban llenos de sinceridad. Me costó un poco entender que él quisiera quedarse conmigo.

—Lo que quise decir es que, si te quedas por mí, si te quedas atrás *por mi culpa*, y te pasara algo, nunca me lo perdonaría. Nunca.

Acercó mi silla un poco más.

—Entonces tenemos que asegurarnos de que no nos pase nada a ninguno de los dos.

—Es fácil decir eso, pero Tully, esta tormenta podría ser mala. Y me refiero a mala *de verdad*.

Él sonrió.

—Lo sé. Vi tu entrevista.

Puse los ojos en blanco.

—Lo digo en serio. Yo estaría preocupado por ti y tu familia. Nunca había pasado por un ciclón. Sé teóricamente qué esperar, pero de primera mano… —Negué con la cabeza.

—Mis padres tienen un sótano a prueba de ciclones, así que estarán bien. Se llevarán a todos, incluida la pareja de ancianos de al lado. Todos estarán bien —dijo—. Estaré aquí contigo.

Lo miré.

—No, no lo harás. —Miré alrededor de la habitación—. Tully, este lugar es viejo y Dios sabe cómo aguantará.

—Entonces, ¿por qué es lo suficientemente seguro para ti, pero no para mí?

—Porque… Bueno… —Maldición—. Ese no es mi punto.

Él rio.

—Y te estás olvidando de una cosa.

—¿Qué es eso?

—Las tormentas son lo mío. Las amo.

—Sí, tormentas, Tully. No ciclones.

—Pero puedo estar aquí en la zona cero con la última tecnología… —Miró los radares prehistóricos—. Bueno, con toda la última tecnología del siglo pasado.

—Exactamente mi punto. Es una locura esperar que estés aquí.

—Pero puedo estar aquí contigo. —Su mirada se encontró con la mía, todo el humor se había ido—. Y tal vez estoy loco. Sé que suena así porque nos conocemos desde hace unas pocas semanas, pero, Jeremiah —tocó mi pecho—, eres mi tipo de loco.

Sus palabras hicieron que mi corazón latiera contra mis costillas. Sus palabras, la forma en que me miraba, la forma en que siempre tenía que tocarme. Me hizo sacudir la cabeza.

—No lo entiendo.

—¿No entiendes qué?

—Te veo a ti y la forma en que me miras. No soy estúpido. Sé que te gusto. Puedo ver eso. —Me pasé la mano por el pelo avergonzado.

Él resopló.

—Sí, por supuesto. Eres mi novio. Se supone que me gustes.

—Pero no entiendo por qué —susurré—. Estoy esperando el remate del chiste o algo así. No sé. Normalmente soy el blanco de las bromas, y tú eres hermoso y rico. Podrías tener literalmente a quien quisieras.

Me miró con el ceño fruncido y, por el dolor en sus ojos, supe que lo había ofendido.

—Tully, yo…

—¿Sabes qué? —dijo—. Esto también es nuevo para mí. Todo esto de estar en una relación, tener novio, todo es nuevo para mí. Nunca había hecho esto antes y me siento tan abrumado. Quiero pasar cada segundo contigo. Quiero tocarte y besarte todo el maldito tiempo. Me produces mariposas. —Negó con la cabeza—. Pero si no sientes lo mismo… si te abordé demasiado fuerte o si te sentiste presionado porque te mandaron aquí…

Agarré su camisa, lo atraje y lo besé, pero cuando nos separamos, él todavía no me miraba. Dios, iba a tener que decir estas cosas en voz alta.

—Tú también me produces mariposas —susurré—. No sé lo que siento porque nunca había sentido esto antes. La forma en que me miras, la forma en que me abrazas, me asusta porque nunca he… —Puse mi frente en su barbilla—. Es todo nuevo para mí también. Pero si sientes esto… —Tomé su mano y la puse sobre mi corazón—. …entonces siento lo mismo que tú.

Sus ojos se encontraron con los míos, un océano de ámbar y miel. Se inclinó y lentamente presionó sus labios contra los míos.

—Gracias. —Sonrió tan serenamente—. Necesitaba escuchar eso. Y crees que no puedes ser todo sensiblero y esa mierda. Mírate justo ahora. Extra-papilla.

—No estaba bromeando acerca de sentir mi corazón —murmuré—. De hecho, me siento mareado después de decir eso.

Se rio y un fuerte golpe en la puerta nos sobresaltó a los dos.

—Te di la llave, ya sabes —gritó Doreen.

Me apresuré a dejarla entrar.

—Lo siento mucho. No te vi entrar por la cámara de seguridad.

Ella irrumpió con Bruce bajo un brazo.

—Vosotros dos no estaríais probando la integridad estructural del panel de control, ¿verdad? Ambos se ven un poco nerviosos.

—Eh, no —comencé.

—Quería hacerlo —dijo Tully alegremente—, pero no me dejó.

Iba a objetar, pero ella no me estaba prestando atención. Lo miraba de arriba abajo.

—Jesús. Vistes bien, ¿verdad? No te habría reconocido si no fuera por tu coche reluciente en el aparcamiento.

Él sonrió.

—Me encanta tu camiseta.

Su camiseta esta noche tenía tres grandes fichas de Scrabble en el frente. *V, A* y *G*.

Porque por supuesto que lo hacía. Sin embargo, era mejor que *lamo coños*.

Doreen se rio.

—Pensé que sería mejor ponerme una camiseta bonita en caso de que alguien quisiera entrevistarme. —Entonces me miró—. No como la celebridad Sr. Evento Meteorológico Significativo aquí.

Gruñí.

—Puaj. No me lo recuerdes.

—Es el nuevo eslogan, al parecer —dijo Doreen. Tomó asiento en el panel de control—. Cerrad la puerta al salir.

Bien, entonces. Esa era nuestra señal para irnos.

Le devolví las llaves a Doreen, recogimos nuestra cena a medio comer y Tully me siguió a casa. No estaba seguro de si continuaríamos nuestra conversación de antes o si habíamos dicho todo lo que había que decir hasta ese momento.

Pero él realmente me quería. Tenía mariposas por mi

culpa. Como yo las tenía por él. Cuando me sonreía, cuando me abrazaba, cuando me besaba.

Era un sentimiento poderoso, saber que le gustaba a alguien. Que le gustaba a *él*. Que este hombre increíble, que estaba muy lejos de mi liga, sintiera lo mismo por mí. No estaba bromeando cuando dije que podía tener a cualquiera… pero por alguna razón me eligió a mí.

Al entrar a su casa, encendió el televisor, luego sacó dos cervezas del frigorífico y me entregó una. Señaló con la cabeza al balcón.

Deslizó sus dedos entre los míos y me llevó afuera. Había una tormenta en el horizonte. Había estado observando los radares todo el día, así que sabía que sería breve, pero había actividad de relámpagos sobre el océano.

—Ah, momento perfecto —dijo.

Nos quedamos allí, su brazo a mi alrededor, su barbilla en mi hombro, bebiendo nuestras cervezas, y vimos cómo el espectáculo de luces intranubes iluminaba el cielo, mientras el viento azotaba a nuestro alrededor, el olor a lluvia llenaba el aire. Pero cuando algunos rayos de carga negativa golpearon el océano más cerca de nosotros, me empujó adentro.

—No voy a arriesgarte hoy, lo siento —dijo.

Un furioso chaparrón de lluvia azotó el balcón en el momento en que cerró la puerta detrás de nosotros.

—Ooh, eso estuvo cerca —dijo con una sonrisa.

Pero luego sus ojos se dirigieron a la televisión detrás de mí.

—¡Mira, eres tú!

Me volví y, efectivamente, ahí estaba yo, en un

programa de actualización de noticias diarias, donde los presentadores hablaban sobre la actualidad del día. Entendía que el ciclón era una actualización de noticias importante y estaba interesado en escuchar lo que decían después de mi segmento.

¿Me tomaron en serio?

¿La gente había iniciado planes de evacuación? ¿Ya se dirigían al sur?

Seguro que así lo esperaba. Quería que hablaran de eso. Quería que insistieran en la importancia de escuchar a los servicios de emergencia y evacuar si era posible.

Tomé un trago de mi cerveza y esperé a ver qué discutían.

—Toda la seriedad a un lado, y llegaremos al quid del informe en un momento —dijo un presentador—. ¿Cómo de azules son sus ojos?

—¡Lo sé! —dijo la otra presentadora, casi saliendo de su asiento—. Como muy azules.

—Fantásticamente azules.

Jesús jodido Cristo.

Mi corazón se hundió, y la vergüenza se apoderó de mí.

Tully apagó la televisión, dejando el mando a distancia sobre el sofá, me empujó contra la encimera de la cocina. Tomó mi cerveza y nos sentó a ambos junto al fregadero, luego puso sus manos en mi cara, su nariz tocando la mía.

—Lo siento —murmuró—. Es solo un estúpido programa de entrevistas. No les hagas caso. No saben de lo que están hablando.

—Lo he oído toda mi vida —murmuré—. Estoy acostumbrado a eso. Debería conseguir lentillas. Marrones, como tu color.

—No, cariño —susurró—. Amo tus ojos. Son hermosos, y son parte de ti. La gente se puede ir a la mierda. No cambies una sola cosa, ¿de acuerdo?

No podía mirarlo.

—Nunca seré tomado en serio. Jamás. Deliberadamente no di mi nombre completo, porque ya sabes lo que sigue. —Presioné mi frente contra su pecho, contra su cuello—. Estoy seguro de que todos los muchachos de mi antiguo trabajo piensan que es gracioso.

Tully envolvió sus brazos alrededor de mí, abrazándome fuerte, tan fuerte que era un poco difícil respirar.

Se sentía tan bien.

—A la mierda con ellos —dijo—. A la mierda con todos ellos. Cuando te llamen la próxima vez para conseguir información o actualizaciones, diles que se vayan a la mierda.

—Ya dejé de coger llamadas —murmuré en su cuello—. Solo quiero hacer mi trabajo.

De alguna manera me abrazó con más fuerza, y nos quedamos así en su cocina durante mucho tiempo, abrazándonos en la oscuridad mientras la tormenta rugía fuera. La lluvia golpeaba las ventanas, los relámpagos iluminaban la habitación, destellos de luz en la oscuridad.

Muy apropiado.

Mantuvo nuestras caderas al ras, pero se echó hacia atrás para poder ver mi cara. Trazó su dedo por mi pómulo, luego tocó mi labio inferior.

—Eres perfecto —susurró antes de besarme.

Suave y profundo. Dios, la forma en que me besó… perfecta, labios carnosos rozándose y una maraña de lenguas, me mostró lo que quizá pensó que sus palabras no podían transmitir.

Me besó como si tal vez me amara.

Luego, tomando mi mano, me llevó a la cama.

CAPÍTULO CINCO

TULLY

Me desperté cuando Jeremiah se levantó de la cama. El sol entraba por las ventanas porque me había olvidado de cerrar las persianas anoche.

Dios, anoche.

Seguro que había sucedido algo…

Iba a necesitar más pegatinas de estrellas doradas.

Mientras Jeremiah se duchaba, preparé café y tostadas, para que al menos supiera que comería algo antes de que estuviera ocupado todo el día y se olvidara de comer de nuevo.

Bajó las escaleras, vestido para el trabajo, con el pelo mojado y oliendo de maravilla.

—¿Qué haces?

Le entregué una taza de café y empujé el plato de tostadas hacia él.

—Para ti.

Parecía genuinamente perplejo, como lo hacía cada vez que hacía algo bueno por él.

—Oh. ¿Te levantaste de la cama para hacerme el desayuno?

Asentí y mordí mi tostada.

—Iba a sugerir una repetición de lo que hicimos anoche, pero no quería que llegaras tarde para relevar a Doreen. El desayuno era la opción número dos.

Sonrió mientras sorbía su café.

—Sí, prefiero enfrentarme a un nido de reporteros que a una Doreen furiosa.

Esperaba que se hubiera olvidado de eso.

—Un nido, ¿eh? como víboras.

—Similar. —Tomó su tostada, besó mi mejilla, luego mi sien—. Gracias por el desayuno.

—Gracias por la noche anterior.

Se sonrojó y trató de reírse.

—Te llevas la mitad del crédito.

—Lamento que no hayamos probado el monitor de pecho.

Sus labios se torcieron en un puchero pensativo.

—Tal vez podamos intentarlo esta noche. Ya sabes, con fines puramente científicos.

Le sonreí.

—Ese es mi tipo de ciencia.

Sonrió cuando llegó a la puerta y se detuvo.

—Probablemente deberías usar otra estrella dorada en tu camisa hoy.

Me reí, sorprendido de que siquiera lo mencionara.

—Oh, lo hare. Deberías pegarte una también. ¿Quieres que suba para conseguírtela?

—No, está bien.

—Estoy haciendo una nota mental para dejar aquí abajo una hoja de pegatinas doradas de emergencia.

Él sonrió.

—Que tengas un buen día.

—Ya estoy teniendo un gran día.

Volvió a sonrojarse y agachó la cabeza mientras se iba, y con un suspiro de felicidad, tomé mi café y salí al balcón. Era difícil imaginar, mirando el pacífico océano al norte y los cielos despejados, que una tormenta salvaje estaba en camino.

Era difícil imaginar que estaba de pie ahí afuera vistiendo nada más que bóxeres, sonriendo al amanecer.

Nunca había sido tan feliz.

Nunca había estado enamorado antes.

Y eso es lo que era esto. Estúpido, demasiado pronto, pero amor de todos modos. Me había enamorado de pies a cabeza, con todo mi corazón, de Jeremiah.

Y tal vez era demasiado pronto para admitir tales cosas. Ya le había dicho que me gustaba, que me hacía sentir muy feliz por dentro y que me hacía feliz estar con él.

Dijo que sentía lo mismo, presionando mi mano sobre su corazón. Finalmente admitió que tenía sentimientos por mí, y simplemente me afectó.

Solidificó algo que ya sabía.

Estaba tan enamorado de él.

No solo un poco, sino por completo, más que eso, amor sonriente, vertiginoso y estúpido.

Y no me importaba quién lo supiera o lo que pensaran los demás.

Noté a mi vecina, la vieja y mojigata señora Caddel, en su balcón con su costosa bata dándome una mueca de desdén. Oh, sí, ¿cómo me atrevía a salir a mi propio balcón en calzoncillos? Tenía suerte de que yo estuviera vistiendo algo.

Levanté mi café en su dirección.

—¡Buenos días!

Ella asintió bruscamente y desapareció dentro, resoplé. Esperaba que pudiera ver el rasguño a lo largo de mis costillas hasta mi pezón, la mitad chupetón, mitad marca de dientes, donde Jeremiah se había aferrado a mí mientras se corría.

Una herida de batalla de la mejor clase.

Yyyyy mi mente volvió a todo lo que me había hecho anoche.

Cristo.

Bebí lo que me quedaba de café y me di una ducha larga y muy práctica, deseando que fuera Jeremiah, imaginando que era su mano y no la mía, y me fui a trabajar de muy buen humor.

Ni siquiera las bromas tontas de Ellis sobre mi sonrisa podrían arruinar este día.

Ni siquiera el curioso desdén de Rowan y Zoe.

Tomé mi café y decidí responder correos electrónicos y devolver algunas llamadas antes de pasar la tarde tapando las ventanas. Ese era el plan. Probablemente tendría que llamar al supermercado en algún momento, recordé.

Probablemente debería haber hecho eso antes de ahora.

Miré mi reloj. Eran justo las ocho y media. Hmm, tal vez Ellis también necesitaba salir. Cogí el teléfono de mi escritorio y llamé a su oficina, pero mientras esperaba que él contestara, sonó mi teléfono móvil.

Era Ellis, y me reí mientras respondía, pensando que debía estar en espera con algún cliente molesto en el teléfono de su escritorio. Pero antes de que pudiera hablar, dijo:

—Cafetería, ahora.

No hubo broma, ningún comentario inteligente. Cortante y serio.

Me puse de pie de un salto y corrí hacia la cafetería donde varias personas, incluidos mis padres y hermanos, estaban viendo la televisión en la pared. Era algún programa basura matutino para el que nunca tuve tiempo, pero lo que vi me detuvo en seco.

—Está en todas las noticias —dijo Ellis.

Era la entrevista de Jeremiah de ayer. La mitad de la pantalla era su rostro congelado, sus ojos azules inconfundibles. Luego, la otra mitad de la pantalla reprodujo la imagen muy familiar de su madre en Collins Street, la línea del tranvía siendo alcanzada por un rayo, ella haciendo ese baile macabro, su cochecito alejándose. Luego mostró a un policía cargando a un niño que lloraba, un niño pequeño con cabello oscuro y ojos muy, muy azules.

La pantalla se congeló, el rostro de Jeremiah a ambos lados de la pantalla. De ayer y de todos esos años atrás.

Jesús jodido Cristo.

Lo que había dicho anoche volvió a mí.

Nunca dije mi nombre completo porque sabes lo que viene después.

Tenía toda la razón. Él lo sabía. Sabía que esto sucedería.

—Esos hijos de puta —dije sintiendo una rabia explotar dentro de mí. Una ira como nunca había conocido.

—¿Realmente es él? —preguntó Ellis—. ¿Era su madre?

Me las arreglé para mirarlo, a todos los rostros que ahora me miraban. Y a pesar de lo enfadado que estaba, estaba mucho más dolido por Jeremiah. Esto lo iba a matar.

—Sí, es él. Tengo que irme.

Di media vuelta y corrí, solo deteniéndome para tomar mis llaves y mi teléfono de mi escritorio, y corrí hacia mi coche.

A la mierda todos esos capullos.

Cristo.

Cuando Jeremiah había dicho que tenía que revivir la muerte de su madre cada vez que se reproducía ese metraje, realmente nunca lo entendí…

Hasta ahora.

Cómo se atrevían.

Cómo demonios se atrevían.

Aceleré todo el camino a su trabajo. Estaba más allá de preocuparme. Y, por supuesto, había furgonetas de noticias estacionadas frente al portón, que afortunadamente estaba cerrado.

Al menos no estaban golpeando su puerta.

Derrapé el Rover hasta detenerlo, tal vez un poco demasiado cerca de ellos, atrayendo la atención de todos los reporteros y cámaras allí. Salí y cerré mi puerta, enfadándome más a cada maldito segundo.

No estaban aquí para actualizaciones de noticias de emergencia. Estaban aquí por nada más que chismes.

—Debes tener cuidado —dijo un camarógrafo, señalando con la barbilla a mi coche.

Giré y apunté mi dedo hacia él.

—Y es posible que quieras cuidar tu maldita boca.

No, *ahora* tenía su completa e indivisa atención.

—¿Para qué habéis venido aquí todos vosotros? —pregunté—. Esta oficina está tratando de hacer un trabajo, obteniendo información que salvará vidas, ¿y vosotros estáis todos aquí para qué mierda? Queréis transmitir imágenes de una madre muriendo frente a su hijo, para obtener índices de audiencia, y luego esperar que él haga, ¿qué? ¿Salir para una entrevista? Todos y cada uno de vosotros os podéis ir a la mierda. ¿Queréis noticias? Regresad a vuestras oficinas y esperad los comunicados oficiales del boletín. O haced lo que os sugirieron ayer e iros de Darwin, y hacednos un favor a todos y simplemente seguid conduciendo, joder.

Me di cuenta de que algunos de ellos miraban detrás de mí, hacia el patio, con los ojos muy abiertos. Y cuando miré hacia atrás, vi por qué.

Doreen cruzaba el patio, silbando una melodía alegre y blandiendo su bate de béisbol, justo cuando llegaban dos coches de policía.

—Justo a tiempo —dijo Doreen mientras se acercaba, todavía blandiendo su bate—. Si algunos de vosotros, sanguijuelas, sumarais una puta célula cerebral juntos, sabríais que bloquear el acceso a un edificio del gobierno es una gran idiotez.

Los policías se apearon y, mientras comenzaban a hablar con los reporteros, pidiéndoles que siguieran adelante, Doreen me abrió el portón.

Los reporteros y camarógrafos se dispersaron lentamente, no sin antes darme una larga mirada y subirse a sus vehículos.

—Gracias, Hewy —dijo Doreen.

Uno de los policías, el mayor de ellos, le hizo un gesto con la cabeza.

—No te preocupes, Dori. En realidad, no ibas a usar ese bate, ¿verdad?

—No. —Ella guiñó un ojo—. Buen día para un jonrón, ¿no crees?

Él sonrió y volvió con los reporteros restantes, y yo miré a Doreen.

—¿Cómo está?

Se encogió de hombros en respuesta, lo que significa que no estaba bien.

Así que corrí por el patio y subí las escaleras. Abrí la puerta y lo encontré en el panel de control. Seguramente había estado mirando la pantalla de seguridad y lo había visto todo. Y toda la ira que había sentido, esa rabia que me había alimentado, se desvaneció.

—Hola —dije suavemente.

Sus ojos se encontraron con los míos.

—¿Estás bien?

—Estoy bien.

No, no lo estaba.

Me acerqué e hice girar su silla para poder arrodillarme frente a él.

—Jeremiah, cariño, está bien no estar bien.

Se hundió y negó levemente con la cabeza.

—Sabía que sucedería. Es como una sombra de la que nunca me libraré.

Le puse la mano en la cara.

—Lo siento mucho. Vine tan pronto como lo vi.

Cerró los ojos.

—Doreen se fue a casa, recibió la noticia de última hora en su teléfono y regresó directamente —murmuró—. Ella pensó que solo iba a ser la entrevista, así que la vio. Supo… pensó que no debería estar aquí solo. Ella no tenía que volver…

Sabía que ella me agradaba por una razón.

—Gracias a Dios que lo hizo. —Con mi mano en la parte posterior de su cuello, tiré de él hacia delante y casi lo puse de pie para poder abrazarlo apropiadamente—. Estoy tan jodidamente enfadado —siseé—. No puedo imaginar cómo te sientes.

—Solo… triste.

Lo abracé más fuerte y froté la parte de atrás de su cabeza.

—Te tengo.

Él asintió contra mi garganta, pero no dijo nada durante unos segundos.

—Gracias —dijo tan suavemente. Muy triste—. Nunca le he importado a nadie antes.

Me eché hacia atrás y puse mi frente en la suya.

—Me importas. Muchísimo.

Doreen entró por la puerta, paró el bate en la

pequeña entrada y Jeremiah inmediatamente se alejó de mí. No me importaba lo que pensara Doreen, y sabía con certeza que a ella no le importaría. Mantuve mi mano en su espalda para que supiera que no iba a ninguna parte.

—Bueno, Bruce y yo nos iremos —dijo.

Ni siquiera me había fijado en el perro.

—Quédate con él —me dijo, asintiendo a Jeremiah.

—Lo planeaba. Gracias por regresar.

También me di cuenta de que su camiseta limpia tenía escrito *"Lee Mis Labios"* con una imagen un tanto artística de una vulva. Sí, no había forma de que mostraran imágenes de eso en las noticias. No sin un montón de pixelado.

—Voy a dormir un poco. Cerraré la puerta al salir y estaré de vuelta a las ocho de la noche. —Recogió a Bruce—. Y Tully, oí lo que les dijiste a esas sanguijuelas de ahí fuera. Bien por ti. Si regresan, no tengas miedo de usar el bate.

Oh. Sí, probablemente no haría eso. Pero luego recordé lo enfadado que había estado. Tal vez lo haría…

Luego, al salir, miró más de cerca al radar.

—Sí, sigue su camino sin disminuir. Si te quedas, ¿qué tal asegurar un poco el edificio? Hay algunas piezas cortadas a la medida, de la última vez que ocurrió.

Asentí.

—Seguro. Estaré aquí.

—Buen chico.

Y con eso, se fue.

Jeremiah casi se cayó en su silla.

—No tienes que quedarte —murmuró.

Levanté su barbilla y me incliné para besar sus labios.

—No voy a irme.

Acerqué la silla de Bruce y me senté en ella, luego estudié la pantalla del radar y en particular la gran banda de nubes algo circular que se movía en nuestra dirección.

—Así que —dije brillantemente—. No tiene buena pinta.

Jeremiah casi sonrió.

—Sí. Como dijo Doreen, no está ralentizándose. De hecho, solo está cobrando fuerza.

—¿Sigue en la trayectoria para llegar aquí?

Asintió.

—Avanza firme sobre ella.

Una de las otras pantallas comenzó a sonar y tuvo que cambiar algo a otra pantalla y transmitir un flujo de datos a otra oficina, y para un empleado que nunca había visto un tablero tan antiguo como este, ahora estaba en su elemento.

—Debería mirar y ver con qué puedo asegurar las ventanas —dije levantándome. Fui a pasar junto a él hasta el otro extremo donde estaba todo el antiguo equipo de campo (estaba seguro de haber visto tablones de madera contrachapada allí en algún momento) y me agarró la mano.

—Gracias —murmuró—. No quise sonar desagradecido antes.

Apreté su mano.

—No lo hiciste.

Él suspiró.

—Probablemente debería llamar a mi padre.

Mi corazón se hundió por él.

—Bueno. ¿Quieres que me siente contigo mientras hablas con él?

Él sonrió entonces, algo triste pero lleno de gratitud.

—No, está bien.

—Estaré aquí, solo mostrando mis habilidades de manitas. —Levanté suavemente su barbilla y lo besé—. No me voy, estaré aquí mismo.

Él asintió, un poco más feliz ahora.

—Gracias.

Lo dejé a él. Aunque no pude ir muy lejos; la oficina era pequeña y realmente no había ningún lugar adónde ir. Y las ventanas que necesitaba asegurar eran pequeñas. Una en el cuarto de baño y otra larga y estrecha debajo del alero. La oficina era básicamente una cueva oscura. Pero encontré el tablero contrachapado que Doreen había mencionado y un taladro que era tan viejo que necesitaba estar enchufado a una toma de corriente.

Había una escalera de acero fijada a la parte trasera del edificio, que era increíblemente útil, dadas todas las antenas y satélites en la pequeña área del techo, aunque hacía tanto calor bajo el sol de Darwin, casi me quema la mano cuando la agarré.

Volví a entrar, cogí las llaves de Jeremiah, moví el Jeep y me subí sobre el capó.

Tenía el teléfono pegado a la oreja cuando entré, aunque no estaba hablando. Podía oír el murmullo de la voz de su padre, y Jeremiah fruncía el ceño.

Odiaba que tuviera que vivir con esto.

No fue su culpa. No había hecho nada malo. De hecho, había hecho lo correcto al emitir una declaración cuando se le preguntó sobre los peligros de la tormenta que se avecinaba cuando la reportera se lo preguntó.

Sin embargo, suponía que había aprendido una lección, como el nuevo jefe de la oficina de Darwin. Nunca darles nada a esos idiotas. Emitir todas las declaraciones a través de boletines y no ofrecer entrevistas, nunca. Y si alguno de ellos alguna vez necesitara algo, cualquier cosa, sería un puto y rotundo no.

Me llevó un tiempo colocar las tablas en su lugar y fijarlas a los marcos de las ventanas. Doreen no bromeaba cuando dijo que pensaba que las tablas eran las que se usaron la última vez. No estaba seguro de cuándo fue la última vez, pero eran viejas y este sería su último uso.

Todo en esta oficina estaba desactualizado, como si hubiera sido olvidada cuando todas las demás oficinas de la Oficina de Meteorología probablemente tenían equipos de última generación.

Tuve que preguntarme cómo hacía esto sentir a Jeremiah.

¿Lo habían empujado a este puesto para también ser olvidado?

Probablemente.

Los odiaba a todos.

Volví a entrar, decidido a tratar de alegrarle el día. Antes de que pudiera preguntarle cómo fue la llamada telefónica con su padre, asintió hacia mi teléfono donde lo había dejado en la consola.

—Tu teléfono ha sonado varias veces —dijo.

Le di un apretón en el hombro.

—¿Qué tal con tu padre? —Me senté y cogí mi teléfono.

Su única respuesta fue un encogimiento de hombros.

Tenía tres llamadas perdidas de Ellis y un mensaje de texto.

> Ah, hermano, estás metido en la mierda ahora. Llámame de vuelta.

Luego, unos minutos después de eso, tuve dos llamadas perdidas de mi padre y un mensaje de texto. Y *nunca* enviaba mensajes de texto.

> Tienes que llamarme. Ahora.

Mierda.

—Bueno, esto no es bueno —murmuré mostrándole a Jeremiah el texto, y presioné Llamar—. Papá —le dije —. Soy yo.

Él suspiró. No un suspiro de alivio, sino uno de decepción.

—¿Supongo que has visto las noticias?

—Sí, lo hice. Por eso vine a ver a Jeremiah. Estuve contigo en la cafetería…

—No es esa noticia. Las últimas noticias.

El frío me picaba en el cuero cabelludo.

—No. ¿Por qué, qué pasó?

—¿Solo tú, despotricando e insultando a los reporteros de noticias en la oficina de meteorología?

—¿Eso salió en las noticias? —No recordaba a ninguno de ellos filmando.

—Sí, salió en las noticias —me susurró papá—. Se omitieron muchas palabras, por lo que probablemente debería estar agradecido.

Hice un sonido de disgusto.

—¿Sabes qué? Que se jodan. Se merecían todo lo que dije, y no me arrepiento.

—¡Deberías estar arrepentido! —dijo un poco demasiado alto. Me recordó cuando se enfadaba con nosotros de niños por hacer algo estúpido. No me había gritado así en años. Mierda, estaba muy enfadado—. Tully, hazme un favor y mira la camisa que llevas puesta. ¡Y dime en qué diablos estabas pensando!

Miré hacia abajo a mi camisa… mi camisa de trabajo, con el logotipo de nuestra empresa en mi pectoral izquierdo.

Oh, no.

—Ah, mierda —murmuré cubriéndolo con mi mano, para lo que servía ahora era una incógnita—. Oh, jo… Papá, lo siento. No me di cuenta, no pensé. Estaba tan enfadado por lo que habían hecho, y luego cuando los vi a todos alineados en la entrada como lobos. —Mis ojos se encontraron con los de Jeremiah—. Emitiré una disculpa en nombre de la compañía, o…

—No harás tal cosa —dijo mi padre. Definitivamente estaba en modo jefe ahora—. No dirás una palabra más. No me importa si te ponen una cámara en la cara, mantendrás la cabeza baja. No digas ningún comentario, o mejor aún, no digas nada en absoluto.

Mmm.

Sí, no lo creo.

La ira estalló en mi vientre, ardiendo en mi pecho.

—¿Sabes qué, papá? —dije—. La cagué y lo siento por eso. Pero si esas sanguijuelas vienen por Jeremiah otra vez, no mantendré la cabeza gacha y no mantendré la boca cerrada.

Jeremiah deslizó su mano sobre mi rodilla y negó con la cabeza, diciéndome en silencio que no.

Solo solidificó mi determinación.

—Lo que hicieron estuvo mal —continué—. ¿Dónde está su responsabilidad? ¿Dónde está su disculpa hacia él? Y no me disculparé por lo que dije o cómo lo dije porque no me arrepiento de eso.

—Tully... —me espetó, pero el tono más suave de mi madre lo interrumpió.

—Tully —dijo ella—, por lo que vale, personalmente, estamos de acuerdo contigo. Pero profesionalmente, ahora tenemos un circo de relaciones públicas de los medios con el que lidiar, además de las descargas de envío de emergencia, los controles de cuarentena acelerados, la limpieza de los muelles y el cierre de las escotillas.

Suspiré, pasándome la mano por el pelo. Ya me sentía bastante mal, pero Dios mío, la decepción de una madre pesaba demasiado.

—Lo siento —susurré.

—¿A qué hora estarás en casa? —preguntó.

—Después de las ocho —respondí—. No voy a dejar a Jeremiah solo en la oficina.

Jeremiah frunció el ceño.

—Estaré bien, puedes irte si lo necesitas —susurró,

justo cuando llegó otra alerta por la que tuvo que apagar la alarma.

—Entonces estaremos en tu casa después de las ocho —dijo mamá—. Llevaremos la cena.

No estaba seguro de qué decir. ¿Qué podría decir? No es que importara, porque la línea se cortó. Dejé mi teléfono sobre el panel de control.

—Mierda.

—¿Qué pasó? —preguntó Jeremiah—. Escuché la mayor parte de lo que dijo tu padre, lo siento. Habló bastante alto.

Suspiré de nuevo.

—Mi pequeña diatriba a esos hijos de puta en la entrada esta mañana fue noticia.

—Oh.

Señalé el logo de la compañía en mi pecho.

—Con algo de publicidad en horario de máxima audiencia, aparentemente.

Sus ojos se abrieron con la realización.

—Oh, no.

—Sí. De todos modos, mis padres estarán en mi casa cuando lleguemos. Así que va a ser muy divertido. Quiero decir, no era el dolor en el culo que tenía en mente para esta noche. Mi padre está enfadado. —Sin saber qué más podía hacer, me puse de pie y pasé ambas manos por mi cabello—. ¡Mierda!

Jeremiah se puso de pie y tomó mi mano.

—Oye —respiró—. Lo lamento. Yo no...

—No es tu culpa. Perdí la calma con esos reporteros. Estaba tan jodidamente enfadado por lo que te hicieron. Mientras llevaba el nombre de la empresa de mi padre en mi camisa.

Frunció el ceño mientras estudiábamos mis nudillos.

—Parece un día para ambos decepcionar a nuestros padres.

Oh, Dios. La llamada telefónica que tuvo con su padre…

Me derrumbé y lo atraje a mis brazos. Se deslizó contra mí con facilidad, nuestros brazos se entrelazaron como partes encajables.

Se sintió tan bien.

Su abrazo, su toque, calmando mi dolor y enfado, me estaba curando en tiempo real. Lo abracé con más fuerza, sin querer soltarlo.

Ni ahora, ni nunca.

—¿Tu padre estaba bien?

Él tarareó un sonido sin compromiso.

—Lo mismo de siempre. Dijo que no fue mi culpa al mismo tiempo que insinuaba que ya debería saberlo.

—Lo siento —murmuré.

Intentó retroceder, pero lo mantuve sujeto.

—Mm-mm —murmuré. Quería ayudarlo a olvidar la mañana de mierda que habíamos tenido, así que mantuve mis brazos alrededor de él, me senté lentamente en el tablero de la consola, apoyándome contra él mientras lo abrazaba. Realmente era la altura perfecta…

—Hmm —tarareé contra su cuello—. Podrías follarme sobre esto. —Levanté una pierna como prueba.

Él se rio y se las arregló para retroceder un poco. Sus caderas todavía estaban a ras de las mías, así que no me opuse demasiado.

—Tal vez si no tuviéramos un evento meteorológico potencialmente mortal apuntándonos directamente.

—Oh. —Sonreí—. Eso no fue un no.

Agarró mi otro muslo y lo levantó, presionándome con fuerza contra los controles.

—No, no fue un no.

—Maldición. Tal vez podamos ver cuántas alarmas podemos activar y cuántas advertencias meteorológicas podemos emitir en todo el Territorio. Podríamos mantener una pizarra con nuestras diferentes puntuaciones para cada vez.

Se rio entre dientes, y nuestro intento de bromear para salir de nuestras miserias pareció haber funcionado. Él presionando contra todos mis mejores lugares tampoco dolía. Ni siquiera me importaron los botones e interruptores clavándoseme en la espalda.

Apoyó su frente en la mía y me dio un suave beso.

—Gracias por estar aquí.

Besé sus labios con una sonrisa.

—No me des las gracias todavía. Primero tenemos que pasar la cena con mis padres. Si aún quieres agradecerme después de eso, aceptaré el pago en forma de grati-*folla*-ción sexual.

Él sonrió.

—Estoy casi seguro de que no es así como se dice esa palabra.

—Estoy bastante seguro de que es así.

Y, por supuesto, la fuente de datos de una cosa u otra comenzó a zumbar, y después de eso fue una advertencia meteorológica para la esquina superior este del estado con un pronóstico de precipitaciones altas, y luego fue una alerta para los pastores de ganado en la parte sur del Territorio debido a posibles inundaciones repentinas en lechos de ríos generalmente secos.

Simplemente no se detuvo. Y fue para todo el Territorio Norte, un área de tierra dos veces el tamaño de Texas. Tenía mucho que cubrir, y no era solo la monstruosa banda de nubes que se arremolinaba en su camino hacia nosotros lo que tenía que sortear. Era todo tipo de clima.

No hace falta decir que fue un día ajetreado para él.

Solo tenía que sentarme aquí y verlo ser increíble. Lo alimenté y lo mantuve hidratado, y le envié mensajes de texto intermitentemente a mi hermano, quien estaba encantado que yo fuera quien estuviera en los libros malos de mis padres, para variar.

No tenía muchas ganas de que llegara esta noche.

Cuando Doreen llegó un poco antes de las ocho, casi quise decirle que podía irse a casa, que nos quedaríamos nosotros... pero tenía que enfrentarme a la orquesta y, francamente, Jeremiah necesitaba un tiempo de inactividad. Necesitaba descansar.

Solo tenía que asegurarme de que consiguiera eso, y no un enfrentamiento entre mis padres y yo.

No vi a ningún reportero de camino a casa, e iba a decirle a Jeremiah que tomaría una ruta diferente, porque los reporteros no podían seguirnos a ambos, cuando me di cuenta de que no me importaba si veían que nos íbamos a casa juntos.

De hecho, esperaba un poco que lo hicieran.

Sí, claramente todavía estaba en la etapa defensiva y de enfado.

Cuando llegamos a mi casa, no solo mis padres ya estaban allí, también estaban los coches de mis dos hermanos.

Y esa pequeña semilla de ira y actitud defensiva brotó en un enorme árbol de ira.

¿Era una reunión de toda la familia? ¿Iban a mirarme fijamente y darme los sermones de "estamos tan decepcionados"? Porque no estaba dispuesto a escuchar eso.

Salí de mi coche y sostuve la puerta de Jeremiah abierta para él. Me vio mirando a los coches infractores, y asintió hacia ellos antes de que la puerta enrollable los bloqueara de la vista.

—¿Quién más está aquí? —preguntó.

—Ellis —respondí—. Y Rowan.

—Oh. —Parecía incómodo—. ¿Tu hermano mayor también está aquí?

El hermano con el que no era particularmente cercano.

—Sí. Mira, Jeremiah, si quieres irte arriba, por mí está bien. Me enfrentaré al pelotón de fusilamiento y…

—No voy a dejarte —dijo, con una pizca de determinación en esos ojos increíbles.

No pude evitar sonreír.

—Vamos, acabemos con esto.

Tomé su mano y lo conduje a través de la lavandería a una escena que no esperaba.

En absoluto.

Mi mamá estaba en la cocina. Estaba cocinando algo que olía muy bien, pero en el balcón… estaban mi padre y mis dos hermanos tapiando los paneles de vidrio.

—Eh, ¿qué estáis haciendo? —pregunté sorprendido. Bastante impactado, si estaba siendo honesto.

Mamá levantó la vista de los platos de comida y nos sonrió.

—Pensamos que habíais estado tan ocupados que no habríais tenido tiempo de asegurar la casa. Usé tu llave de repuesto. —Se acercó, tomó el brazo de Jeremiah y lo llevó a la cocina—. Tully, ve a ayudar a tus hermanos. Y compórtate. Hay un taladro y una pistola de clavos involucrados y, francamente, no quiero explicar ningún percance intencional a los médicos de urgencias.

Percances intencionales.

Resoplé, todavía sorprendido, y al ver que mamá inscribía a Jeremiah en su lista de tareas, salí al balcón.

—Oh, mirad quién es —dijo Ellis—. "Ampolla" está aquí. Siempre aparece después de terminar el trabajo duro.

—Ellis, mantenlo recto —se quejó Rowan.

—Lo estoy manteniendo recto —se quejó Ellis.

Rowan clavó el tornillo y luego dio un paso atrás para mirar el tablero ligeramente torcido. Trató de golpear a Ellis con el taladro.

—Deberías ir al optómetra, imbécil.

—Tully, sostén esto —dijo papá colocando otra tabla en su lugar. La sostuve y papá le disparó un clavo. Gracias a Dios que era él quien tenía la pistola de clavos y no los otros dos.

—Oh, mirad, es lo único recto que Tully ha hecho en su vida —dijo Ellis.

Traté de quitarle la pistola de clavos a papá, pero no me la dio.

—Por el amor de Dios muchachos —dijo papá—. Ellis y Rowan, subid y comenzad con las ventanas del dormitorio.

Ellis, que ahora tenía el taladro, le dio algunos zumbidos.

—No es lo único que se perfora ahí, ¿eh, Tull?

Le quité la pistola de clavos a papá, pero cuando la puse en mis manos, Ellis ya había subido rápidamente las escaleras reído como un idiota.

Consideré ir tras él, pero lo pensé mejor. Con un suspiro, se la devolví a papá.

—Podría hacer que pareciera un accidente.

Puso los ojos.

—Trae la siguiente tabla.

Sostuve el tablero en su posición, dándome cuenta de que ahora que papá y yo estábamos solos, probablemente era un buen momento para hablar.

—Mira —comencé—. Acerca de hoy. Lamento haber arrastrado el negocio a esto. Lo siento por la tormenta de mierda que he creado. Os impacta negativamente a mamá y a ti, y a todos, supongo. Simplemente no pensé. Los vi y estaba tan cabreado que quería estrangularlos. Ni siquiera pensé en la camisa que llevaba puesta.

Clavó la tabla en su lugar.

—Lo hecho, hecho está. Acepto tus disculpas y lo entiendo. Tu madre me lo explicó, y lo entiendo. Al principio estaba enfadado porque fue imprudente y poco profesional, pero ella me dijo lo que realmente estaba pasando y me preguntó qué haría si los medios la trataran así, y lo entiendo. Sí, se creó un revuelo mediático, pero no es nada que no podamos manejar. Tenemos un equipo legal…

—Lo siento —dije. Pero también estaba confundido—. ¿Mamá te explicó qué? ¿Qué está pasando realmente?

Papá puso otro clavo en la siguiente esquina del tablero y me miró.

—Que lo amas. Estabas protegiendo a alguien a quien amas.

El mundo se inclinó un poco y la sangre me latía en los oídos.

¿Qué?

—¿Perdón?

—Quiero decir, todos estábamos un poco sorprendidos por cómo te comportaste con él frente a nosotros. Nunca te hemos visto ser así con nadie, todo lindo y sonriente, sensiblero y lo que sea. —Sus mejillas se sonrojaron—. Supongo que solo pensé que era… divertido y emocionante, o físico. O lo que sea. Pero ya estáis viviendo juntos, así que…

Nada de lo que estaba diciendo tenía sentido.

Él me estudió.

—Ah, cielos, Tully —dijo—. ¿Me estás diciendo que no? Porque tu madre es una buena juez en estas cosas. Sabes que ella dijo que Rowan se casaría con Diah desde el momento en que la vio debido a una mirada en sus ojos. No sé, no lo vi. Pero ella si lo vio. Lo mismo con Zoe. Dijo que ella y Chris se casarían dentro de un año por la forma en que Zoe lo miraba. Supongo que lo vio en ti y en la forma en que lo miras. No sé cómo funcionan estas cosas, pero todavía no se ha equivocado.

Traté de tragar.

—Cómo… ¿Cómo lo miré?

Papá suspiró y me dio un apretón en el hombro.

—¿Estás diciendo que no tienes sentimientos por él?

—Sí, por supuesto que sí los tengo —susurré—. Yo… lo quiero. Sin embargo, aún no le he dicho eso, y no esperaba escucharlo de ti. Pero nunca me había sentido así por nadie. Él es… es increíble, y quiero estar con él todo el tiempo. La idea de no estar con él me enferma. Podría pasar cada minuto de cada día con él y todavía no sería suficiente. Yo… Quiero hacer todo lo que pueda para hacerlo feliz.

Papá me sonrió, un poco orgulloso, un poco emocionado.

—A mí me suena como amor.

CAPÍTULO SEIS

JEREMIAH

La cena con los padres de Tully y sus dos hermanos no fue lo que esperaba.

Esperaba que lo reprendieran por la diatriba pública mientras usaba una camisa de la empresa. Lo esperaba porque Tully lo había pensado.

Especialmente de su padre y quizá de Rowan.

Pero nunca llegó.

En lugar de eso, tapiaron todas las puertas y ventanas de vidrio mientras su madre preparaba la cena. Ella me hizo ayudar, con lo cual no fui de ninguna ayuda, estoy seguro. Pero mientras nos ocupábamos en la cocina, me preguntó sobre la oficina y el nuevo trabajo, y si estaba feliz de haberme ido de Melbourne.

Me preguntó que me parecía Darwin y el terrible calor. Me preguntó si realmente disfruté mi tiempo en el búnker en medio de Kakadu o si solo estaba diciendo eso para hacer feliz a Tully.

Ella estaba horrorizada y algo consternada cuando le dije que me encantaba. Que no podía esperar para ir de nuevo. Suspiró dramáticamente y dijo que no era de extrañar que Tully estuviera tan enamorado de mí.

Ciertamente no había esperado eso.

Cenamos en la mesa del comedor y, aunque fue una cena informal, me sentí un poco escudriñado. Especialmente por Rowan. Fue cortés, por supuesto, pero también curioso y me preguntó sobre mi doctorado y disertación, y aunque era una conversación general, de alguna manera sentí como si me estuvieran entrevistando.

Para ver si era lo suficientemente bueno para su hermano.

Ellis había sonreído, a punto de hablar, hasta que Tully, mientras hacía contacto visual directo con Ellis, tomó el cuchillo de trinchar de la bandeja de pollo asado y lo puso junto a su plato. Una amenaza silenciosa, pero Ellis eligió sabiamente no hacer bromas a nuestra costa.

No tenía hermanos, ni una familia cercana, así que nunca tuve estos… sentimientos. Claro, había antagonismo y sarcasmo entre ellos, pero estaba claro que todos se amaban mucho.

Los envidiaba.

Los envidiaba mucho.

Aunque algo más que noté en el transcurso de la noche fue el comportamiento de Tully hacia mí.

Se sentó con su mano en mi muslo durante la mayor parte de la cena y lo atrapé mirándome, como si estuviera tratando de resolver una ecuación compleja en su cabeza.

Todavía era muy él mismo, pero algo era diferente.

Tal vez era solo que Rowan y Ellis estaban sentados frente a nosotros, o que sus padres estaban en los extremos de la mesa.

Nunca mencionaron el circo mediático. No a mí, de todos modos. Pero sospeché que su padre había dicho algo al respecto cuando estaban arreglando los paneles de vidrio en el balcón.

Estuve agradecido.

Entonces su padre me preguntó cuándo esperar el espectáculo previo de Hazer. Al parecer, había sido un niño durante el ciclón Tracy.

—Lo recuerdo muy bien —dijo.

—Tan pronto como mañana por la noche —dije—. El sistema frontal traerá el comienzo de la tormenta. Lluvia, ráfagas de viento, oleaje, lo típico. Hazer probablemente será un evento de dos días, desde la primera lluvia, de principio a fin. Se espera que el ciclón toque tierra a las 7:00 de la mañana de pasado mañana. Es difícil predecir su patrón de comportamiento una vez que toque la tierra, pero podemos hacer proyecciones informadas. —Todos me miraron, y traté de aligerar el ambiente—. No es demasiado tarde para salir. Solo tendríais que conducir cien kilómetros al sur, tal vez dos cientos. Estimo que Hazer avanzará hacia el este una vez que toque tierra. El cambio de la presión atmosférica hará que el frente de la tormenta se desplace sobre los vientos oceánicos más cálidos, de manera que atravesará la costa hacia el golfo de Carpentaria. Sin embargo, debería bajar de intensidad una vez que llegue, pero si decidís iros, llevaros a Tully con vosotros. Por la fuerza si es necesario. —Miré a

Tully e hice una mueca. Nunca debí haber abierto la boca—. No creo que se considere secuestro si se trata de salvar tu vida.

Tully se rio entre dientes, sus ojos cálidos y sus dedos se deslizaron sobre los míos. Sobre la mesa, frente a todos.

—No voy a dejarte —dijo sencillamente—. Te lo dije. Y estoy bastante seguro de que el secuestro sigue siendo un secuestro.

Noté que los ojos de Rowan se posaron en nuestras manos unidas y, cuando levantó la vista, su atención estaba únicamente en Tully. Una sonrisa afectuosa suavizó sus rasgos por un momento hasta que Ellis le dio un codazo.

—Te lo dije. Está perdido.

Tully le lanzó una mirada y el señor Larson rápidamente agarró el cuchillo de trinchar fuera del alcance de Tully.

—Entonces, Jeremiah —dijo el Sr. Larson—. Hazer. ¿Qué tipo de nombre es ese?

—Es un nombre árabe, común en Malasia e Indonesia —le expliqué—. Significa estar preparado, estar listo.

Todos me miraban de nuevo.

—Bueno, si eso no es un presagio —dijo Rowan con tristeza. Luego suspiró—. Debería irme. Dejé a Diah para hacer la cena y acostar a los niños.

—Te agradezco que hayas venido —dijo Tully—. ¿Tu casa está asegurada?

Él asintió.

—Sí.

—Llevaré a Jeremiah a trabajar mañana e iré a ayudar a quien lo necesite —dijo.

Quería argumentar que no necesitaba que me escoltara, pero pensé que sería mejor dejar esa conversación para cuando estuviéramos solos. Y la verdad era que realmente lo necesitaba hoy…

—Todos deberíamos irnos —dijo la Sra. Larson—. Ellis, ayúdame a recoger esto…

—Por favor, dejadlo. Yo me encargaré —ofrecí—. Es lo menos que puedo hacer.

Hizo una mueca, como si quisiera discutir, pero no ofender, y Tully se echó a reír.

—Mamá, no discutas con él. Es luchador y sabe palabras muy importantes.

Lo fulminé con la mirada, pero se desvaneció con la sonrisa que me dirigió directamente.

—Dios —dijo Ellis arrastrando las palabras mientras se ponía de pie—. Alguien que me salve. La cursilería me está matando.

—Comemierda, gilipollas —dijo Tully.

—Chicos —reprendió su madre. Ella se puso de pie y todos nos pusimos de pie también; luego se dirigieron a la puerta.

Cuando se iban, su madre le había dado a Tully un beso en la mejilla y lo llevó a su coche para una conversación privada, deduje. Entonces, dándoles un poco de privacidad, volví adentro y comencé a limpiar lo de la cena.

Estaba lavando las pocas cosas que no cabían en el lavavajillas cuando volvió a entrar.

—¿Todo bien? —pregunté.

Se apoyó contra el mostrador de la cocina, tomó un paño de cocina y comenzó a secar una bandeja.

—Sí, sí. —Asintió—. Me disculpo por Ellis. Es un grano en el culo.

—Tus hermanos son geniales. Ambos. No estaba seguro de qué esperar de Rowan, creo que lo hiciste pasar por un gran chico malo, pero es muy agradable. Se preocupa mucho por ti.

Tully pareció reflexionar sobre eso antes de asentir.

—Lo sé.

—Creo que él tiene la responsabilidad de ser el hijo mayor, sobre cuyos hombros recae la empresa.

—Lo sé. Nunca quise darte la impresión de que era un mal hombre, lo siento. —Tully dejó la bandeja y cogió la siguiente—. Esperaba que me patearan el culo cuando vi sus coches aquí. —Dejó escapar un suspiro—. Supongo que eso fue tal vez porque sabía que me lo habría merecido.

—No vinieron a recriminarte —le dije suavemente —. Vinieron a apoyarte. A reunirse a tu alrededor porque cometiste un error. Eso prueba la increíble familia que tienes.

Sus ojos se encontraron con los míos.

—Me disculpé con mi padre, y dijo… algunas cosas.

—¿Qué tipo de cosas?

Miró la bandeja que sostenía y sus mejillas se sonrojaron.

—Justo… cosas que no pensé que estaba listo para escuchar de él, pero no sé, tal vez lo estaba.

—¿Cómo qué? —Me enjuagué las burbujas de las

manos y las sequé en el paño de cocina que sostenía—. ¿Acerca de mí?

Sus ojos se detuvieron en los míos.

—¿Qué? ¿Mi madre te dijo algo?

Así que definitivamente sobre mí entonces…

—¿No les agrado? —De repente me sentí un poco mal—. Traté de dejar de hablar al final, sobre el ciclón y tal vez secuestrarte, pero estaba nervioso porque todos me miraban…

—¿Qué? No —dijo con una risa, tomando mi mano—. Lo contrario, en realidad. Mi madre piensa que eres genial.

—Oh. —Mi estómago estaba en un sube y baja—. ¿Entonces qué te dijo?

Miró nuestras manos, su pulgar acariciando nerviosamente mis nudillos, sonrió y negó con la cabeza. Él susurró:

—No lo sé… No sé si estoy listo para decirlo todavía.

Fuera, un trueno retumbó y el estallido de un rayo resonó en el cielo desde unos pocos kilómetros de distancia.

Ambos nos giramos hacia el balcón, pero las puertas de cristal estaban todas tapiadas.

—Este lugar parece una celda de prisión —murmuró. Tomando mi mano, presionó mi palma en sus labios y sus ojos se encontraron con los míos, ahora con una profundidad diferente en ellos—. Llévame a la cama, Jeremiah. Haz lo que quieras conmigo. Te quiero dentro de mí mientras la tormenta ruge fuera.

Oh.

Bien, entonces.

Levanté su barbilla y lo besé suavemente.

—¿Estás seguro? Después de anoche…

Algo feroz brilló en sus ojos, y no había duda.

Estaba seguro.

Sin soltar su mano, lo conduje hacia las escaleras. Presionó el interruptor de la luz en el camino, y su habitación, con las ventanas cubiertas con tableros contrachapados, estaba completamente a oscuras. Fui a encender las luces, pero me agarró del brazo y me acercó.

—Guíate por el tacto —murmuró.

Oh, chico.

Mi cuerpo ya al límite, hice lo que él quería. Pasé mis manos por su pecho, sintiendo a lo largo de su cuello para poder desabrochar los botones superiores de su polo. Lo saqué por encima de su cabeza, acunando rápidamente su mandíbula para poder darle un beso.

Provoqué su lengua con la mía, acercándolo y rozando mis manos por su espalda y sobre su trasero y volviendo a subir. Mis manos exploraron y mapearon cada centímetro mientras chupaba su lengua.

Buscó a tientas el botón de sus pantalones, y agarré sus manos para detenerlo.

—Dijiste que podía hacer lo que yo quisiera —murmuré.

Hizo un sonido que era más un gemido que un jadeo. Mis ojos se habían ajustado a la oscuridad total, lo suficiente como para poder ver el contorno de un lado de su cara, sus ojos y…

Y la forma en que me miraba.

Ni siquiera la oscuridad podía ocultar eso.

Desabroché sus pantalones y deslicé mis manos debajo de sus calzoncillos para poder bajarlos. Desabotonó mi camisa y luego trató de desabrochar el botón de mis pantalones. Enrollé mis dedos alrededor de sus muñecas y lo detuve.

—Sube a la cama —le dije.

Él gimió de nuevo.

—Joder, sí.

Me desnudé mientras él obedecía y tuve que hurgar a ciegas en busca de la mesita de noche.

—Ay —dije cuando me pillé el dedo con el borde de un envoltorio de aluminio. Tully se rio entre dientes, pero se convirtió en un gemido cuando me arrodillé en la cama, encontrando uno de sus pies primero y subiendo por su pierna.

Besé su muslo, acercándome a su entrepierna.

—Hmm —tarareé, inhalando su olor.

Sus dedos encontraron mi cabello.

—No me tortures, por favor.

—Voy a sentir —susurré, encontrando la base de su polla y empujando sus bolas con mi nariz. Luego lamí una línea en la parte inferior de su polla.

—Oh, mierda.

Un trueno retumbó sobre mi cabeza y tiró de mi cabello y arqueó la espalda.

—Jeremiah —susurró.

Suplicando.

Encontré el lubricante donde lo había dejado sobre la cama, y abriendo sus piernas, unté su agujero y presioné un dedo dentro de él. Gruñó, no un sonido feliz.

Me detuve.

—¿Tully?

—Necesito más —dijo—. No tus dedos. Necesito tu polla dentro de mí. Necesito que me folles, Jeremiah. Sin juegos esta noche. Lo digo en serio.

—Tully, yo…

Levantó la mano, agarró ciegamente mi cara, mi cuello, y tiró de mí para encontrarlo. Sus piernas se envolvieron alrededor de mi cintura.

—¿Qué parte de "Necesito que me folles" no entendiste? —Aplastó su boca contra la mía en un beso doloroso y movió sus caderas hacia arriba, buscando lo que quería.

Lo que necesitaba.

Con mi lengua en su boca, levanté su pierna izquierda, mi pene deslizándose contra su agujero, y gimió.

—Hazlo, solo… por favor.

Habría sido tan fácil empujar dentro de él.

Condón…

Condón…

Jesús.

Jadeando, me eché hacia atrás y caí de rodillas. Me puse el condón tan rápido que casi me hago daño, y cuando Tully, impaciente y frustrado, se dio cuenta de lo que estaba haciendo, se echó a reír…

Hasta que levanté sus piernas hasta su pecho y hundí mi polla dentro de él.

Con los ojos muy abiertos, dejó escapar un grito y

gimió al exhalar. Trató de arquear la espalda, pero lo sujeté con mis caderas y me hundí completamente, hundiendo mi lengua en su boca al mismo tiempo.

Clavó sus uñas en mí, arañando mi espalda... hasta que se rindió por completo. Luego me acercó más y encontramos un ritmo, lento, largo y profundo. Sostuvo mi rostro, sus ojos implorantes, el color de la miel quemada impreso para siempre.

—Jeremiah —susurró antes de lamer mi labio inferior.

Esto era diferente que antes. Todas las veces que habíamos hecho esto habían sido increíbles, pero esto... esto era más.

Mi corazón estaba en esto. Latiendo al compás del suyo, unidos de la manera más íntima.

Empujé profundamente, su cuerpo era un guante de calidez que me absorbía por completo. Traté de poner mis brazos debajo de él para poder estar más cerca, imposiblemente más cerca. Envolvió sus brazos alrededor de mí como si entendiera.

Como si él también lo sintiera.

Este cambio entre nosotros.

Más cerca, algo tácito intercambiado entre nosotros. En sus ojos, en la forma en que me abrazaba, en la forma en que me tomaba. Quisiera que nunca terminara. Quisiera que este sentimiento nunca se detuviera, mientras una tormenta que no podíamos ver rugía fuera. Aquí, en su cama, en sus brazos, esto era euforia, esto era éxtasis.

Esto era hacer el amor.

Presioné mi boca contra la suya, nuestras lenguas se

enredaron, y cuando probé sus lágrimas, me retiré. Sus ojos estaban húmedos y vidriosos. Tomé su rostro, mi frente contra la suya, y dejé de empujar, manteniéndome tan quieto como pude.

—¿Estás bien?

Él asintió rápidamente.

—Por favor, no te detengas. Dios, Jeremiah, por favor.

Saqué hasta la punta y empujé hasta el fondo, y gimió mi nombre, una y otra vez. Sus ojos se quedaron en blanco, empujó su cabeza hacia atrás, su cuello tenso, y todo su cuerpo se puso rígido en mis brazos. Su polla, dura e hinchada, se sacudió y gritó cuando su calor se derramó entre nosotros.

Cuando sus brazos cayeron y toda resistencia desapareció, me entregó su cuerpo. Me hundí en él una y otra vez, tan profundo como pude, hasta que no pude contenerme más. Me corrí muy intensamente, con todo mi cuerpo, con todo mi corazón.

Y cuando volví a mis sentidos, cuando la habitación dejó de dar vueltas, estaba trazando círculos en mi espalda, besando mi cuello, mi clavícula, mi hombro.

Salí de él, pero rodamos sobre nuestros costados, envolviéndolo rápidamente en mis brazos.

—¿Estás bien?

Él asintió en el hueco de mi cuello.

—Fue intenso, eso es todo.

Levanté su barbilla y lo besé suavemente.

—Lo fue. Me alegro de que sintieras lo mismo.

Sus ojos escanearon los míos, la habitación aún estaba oscura pero ya nos habíamos adaptado, lo suficiente como para ver su rostro de cerca, de todos modos.

—¿Tú también lo sentiste? Tú… ¿sientes lo mismo?

Mi ritmo cardíaco se disparó de golpe. Bien, guau, íbamos a discutir esto…

—Siento… algo que nunca había sentido antes —dije, dejando al descubierto mi verdad—. No estoy seguro… yo, eh… Dios.

Soltó una carcajada, su mano en mi mejilla.

—Le dije algo similar a mi padre esta noche.

Espera, ¿qué?

—Eh, ¿hiciste qué?

Tully suspiró, sus ojos somnolientos entrecerrados y soñadores.

—Mi padre me dijo algo esta noche. Algo de lo que no pensé que estaba listo para hablar, pero quién sabe, tal vez lo esté.

Aparté su largo cabello rubio de su frente.

—¿Y qué es ese algo?

—Me estoy enamorando de ti —susurró—. Pero nunca he… Quiero decir, sé lo que es el amor, pero lo que siento por ti es mucho más. No sé cómo explicarlo. Y no espero que me digas nada. No es por lo que te lo digo. Ellis piensa que soy un tonto sin remedio porque nadie en mi familia me ha visto estar con nadie más de la forma en que estoy contigo. Dios, esto es vergonzoso. —Se rio y trató de agachar la cara, pero hice que me mirara.

Planté un suave beso en sus labios.

—Tully…

—Está bien —espetó—. No espero que digas nada.

Solo quería que lo supieras, porque… bueno, no sé por qué. Porque mereces ser amado. Dios, me enamoré tan intensamente, tan rápido, es una locura, pero tú… Eres alguien muy especial para mí, Jeremiah. Y si quieres saber la verdadera razón por la que mi padre y mi hermano no me destrozaron el culo, es porque mi madre les dijo que no podían. Ella dijo que era muy obvio que yo estaba enamorado de ti y por lo tanto estaba fuera de los límites porque esperaría que mi padre hiciera por ella exactamente lo que yo hice por ti. —Suspiró—. Cuando papá dijo eso, ya sabes, la palabra con A, casi me muero, pero ¿sabes qué? tienen razón, Sí. Te amo. Sabía que estaba enamorado de ti, pero no estaba seguro de estar listo para escucharlo. —Trazó su dedo desde mi sien hasta mi mejilla—. Estoy bastante seguro de que me enamoré de ti en el búnker cuando saliste a la tormenta y casi te cayó un rayo y corriste de vuelta y te deslizaste debajo de la pared lateral como una estrella de cine de acción. Estoy bastante seguro de que mi corazón vio eso y dijo: "Sí, ¿sabes qué? Es un trato cerrado aquí mismo. Este es tu hombre Tully". Y, sinceramente, orinar en la botella vacía y dársela a beber a los cocodrilos fue solo una ventaja adicional.

Me eché a reír.

—No se la di de beber a los cocodrilos.

Se rio entre dientes, sus ojos buscando los míos. Feliz, sereno.

Enamorado.

Tracé mi pulgar a lo largo de su labio inferior, mi corazón era dos veces más grande que mi pecho, golpeando contra mis costillas, instándome a decir algo...

—Yo también lo siento —susurré—. Para ser honesto, me asusta porque... bueno, porque no sé lo que es el amor. No tengo experiencia en hablar de emociones. Al crecer con mi padre, él fue muy cerrado. Me dediqué de lleno a mis estudios, y mi única experiencia con hombres implicó encuentros breves...

—En los baños.

—Exactamente. —Logré esbozar una sonrisa avergonzada—. Pero creo que es... lo que dijiste. Cuando te miro... Dios, Tully, no puedo hablar de esto porque nunca he hablado de estas cosas. —Cerré los ojos y me reí—. Dios mío, deberías sentir mi corazón.

Se rio y puso su palma en mi pecho.

—Oh, ¿dónde está tu reloj?

—Me lo quité. Se habría derretido en mi muñeca si hubiera medido lo que acabamos de hacer.

Se rio, sus ojos brillantes, su amplia sonrisa.

—Es una pena. Me hubiera encantado que enviara una alerta de problemas de salud por ambos. Podríamos haberles dado un espectáculo.

Me reí.

—Estoy seguro de que los paramédicos han visto cosas peores.

—¿Peores? Dios, estarían atados para ver mejor, eso te lo puedo decir. Cristo, eso fue caliente. Posiblemente el mejor sexo de mi vida. Me hiciste llorar, y eso es nuevo.

Lo besé.

—Porque no fue solo sexo.

Su sonrisa se desvaneció en algo más sereno, sus ojos intensos.

—No, no lo fue.

—Entonces, ¿vas a ignorar el hecho de que te dije que sentía lo mismo? —pregunté—. ¿Y cuánto me asusta? ¿Es algo que simplemente vamos a pasar por alto? Porque nunca le he dicho eso a nadie en toda mi vida. Ni siquiera a mi padre.

—Nada te asusta. Ni siquiera te he visto estremecerte cuando un rayo cayó al suelo a cincuenta metros de ti.

Escaneé sus ojos. Si tan solo supiera lo equivocado que estaba.

—Me aterrorizas.

Respiró hondo y suspiró feliz.

—Sientes lo mismo.

Asentí.

—Pero luchas por decirlo porque nunca te mostraron amor.

Tragué saliva, de repente no me sentí tan feliz.

—Bueno, sí. Supongo.

Tully me tomó la cara entre las manos y me hizo mirarlo.

—Si sientes lo que yo siento, entonces sientes amor. —Di el más pequeño de los asentimientos y él sonrió—. Es posible que tu padre no pueda demostrarte que te ama o decírtelo, pero estoy seguro de que lo hace.

Me encogí de hombros.

—Nunca hemos hablado de… cualquier emoción. Nunca. Ni una vez.

Él me besó.

—Te voy a mostrar tanto amor que no sabrás qué hacer con él.

—Ya no sé qué hacer con eso, para ser honesto.

Rio.

—Bueno, empecemos con una ducha. Necesito ducharme porque estoy pegajoso y resbaladizo por todas partes por el lubricante.

—Oh. —Lo dejé escapar de mis brazos, solo sintiendo realmente la pegajosidad cuando tuvo que despegarse de mí.

Después de casi cegarnos a los dos cuando encendí la luz en el baño, abrí la ducha y lo atraje bajo el chorro, enjabonando la esponja con gel de ducha y dándole un lavado completo. Tuvo que lavarse el cabello, no del todo seguro de cómo llegó el lubricante ahí, pero, de todos modos, me encargué de mimarlo, llenándolo de caricias tiernas y besos suaves.

Puede que no pudiera decírselo con palabras, pero podría hacer esto por él.

Suspiraba y se apoyaba en cada toque, mirándome con ojos de cachorrito.

—Me amas —murmuró. Sonreí y agaché la cabeza, sin ningún lugar donde esconderme bajo las luces brillantes y estando completamente desnudo. Se rio y acarició mi nariz con un dedo enjabonado—. Yo sé que sí.

Encontré su mirada y le di un asentimiento avergonzado y reacio.

Hizo un pequeño baile feliz.

—Haré que lo digas algún día. Podrás decirlo tan fácil como hablar del clima. Lo cual, para ti, es fácil. —

Puse los ojos en blanco y él me dio un empujón juguetón—. Ahora sal —dijo—. Necesito sumergirme bajo este chorro de agua un poco más. A menos que quieras darme la segunda ronda aquí.

Riendo, ridículamente feliz, salí de la ducha y comencé a secarme.

—Oh —dijo Tully, ahora un panel de vidrio empañado e impenetrable entre nosotros—. Y creo que tenemos que hablar sobre condones. O más al grano, sobre no usarlos. Porque esta noche, cuando estabas… sin uno, me estaba imaginando cómo sería eso. Bueno, creo que me gustaría probar. Que te corrieras dentro de mí sería tan jodidamente caliente…

Abrí la mampara de la ducha. Salió vapor y él estaba de pie con la cabeza hacia atrás, bajo el agua. Con una sonrisa astuta, inclinó la cabeza hacia delante y me miró.

—¿Qué te parece?

—Yo, eh… No… ¿Tú crees…?

—Oh, creo que sí. —Volvió a sumergir la cabeza en el agua, sin dejar de sonreír—. Lo creo, mucho. Después del ciclón, podemos hacer todas las pruebas necesarias. Juntos, como una pareja. —Volvió a lanzar su cabeza adelante, una nueva chispa en sus ojos—. Como novios, porque eso es lo que somos ahora, ¿recuerdas? Quiero decir, vivimos juntos, así que técnicamente somos más que eso, pero oficialmente, si tuviera que presentarte a alguien, podría decir: "Oye, este es mi novio, el muy inteligente y bien dotado Doctor Jeremiah Overton y..." —Cerró el agua—. Y podrías decir, "Sí, querido novio, eso es completamente correcto".

Oh, Dios mío.

Le entregué una toalla.

—Estoy seguro de que apreciarían la idea. —Colgué mi toalla y dejé que se secara.

—Tengo que secarme el pelo —gritó—. No te quedes dormido sin mí.

Me reí, y encontrando mi teléfono, lo conecté para cargarlo antes de meterme bajo las sábanas. La habitación estaba oscura, la única luz provenía de la puerta abierta del baño. Tully cantando sobre el sonido del secador de pelo era el único sonido.

Qué noche.

¡Qué admisión!

Me amaba.

Y lo que acababa de decir.

¿Podría tener sexo sin preservativo? ¿Era algo con lo que me sentiría cómodo?

Yo estaba en una relación, me contesté. Y confiaba plenamente en Tully. Así que tal vez era algo que podríamos considerar…

Ciertamente no me importaría intentarlo. Ver cómo se sentiría estar dentro de él, sin nada. Correrme, dejar mi semen en su interior, hacerlo mío de esa manera…

Dulce Jesús.

Necesitaba *no* pensar en eso. A mis bolas ya les gustaba la idea.

Cogí mi teléfono, necesitaba distraerme y, por supuesto, mi pantalla de inicio tenía actualizaciones de noticias. Y allí, en una pequeña imagen en miniatura, estaba Tully con su camisa de trabajo, señalando con el dedo a un reportero, en medio de una diatriba.

Parecía increíblemente enfadado.

Había visto cómo se desarrollaba todo el asunto en las cámaras de seguridad junto con Doreen, pero no había oído lo que había dicho.

¿Acaso quería saberlo?

Luego leí el subtítulo.

Tormenta avecinándose en la estación meteorológica.

Buen señor.

¿Quién escribió esa tontería?

Hice clic en él, esperando leer el artículo, pero el videoclip se reprodujo automáticamente.

—Deberías tener cuidado —dijo un reportero.

Tully se dio la vuelta y lo señaló con el dedo. Estaba furioso, tenía la mandíbula apretada y la vena que le bajaba por el costado del cuello le latía.

—Y es posible que quieras cuidar tu *biiiip* boca.

Oh, chico.

¿De verdad dijo eso?

—¿Para qué habéis venido aquí todos vosotros? —preguntó—. Esta oficina está tratando de hacer un trabajo, obteniendo información que salvará vidas, ¿y vosotros estáis todos aquí para qué *biiiip*? Queréis transmitir imágenes de una madre muriendo frente a su hijo, para obtener índices de audiencia, y luego esperar que él haga, ¿qué? ¿Salir para una entrevista? —Señaló con el dedo a todos ellos—. Todos y cada uno de vosotros os podéis ir *biip biip biip*. ¿Queréis noticias? Regresad a vuestras oficinas y esperad los comunicados oficiales del boletín. O haced lo que os sugirieron ayer e iros de Darwin, y hacednos un favor a todos y simplemente seguid conduciendo, *biiiip*.

Ay, dios mío.

¿De verdad dijo *todo eso*?

Él me defendió. Defendió mi trabajo y les dijo lo mal que estaba mostrar ese clip espantoso de mi madre...

Y entonces Doreen entró en la pantalla. Estaba balanceando su bate, su camiseta estaba pixelada, como era de esperar, y casi cada palabra que dijo fue censurada con el *bip*.

Tampoco era sorprendente.

Pero ellos hicieron eso por mí.

Nadie me había defendido antes.

La luz del baño se apagó y la silueta plateada de la forma desnuda de Tully atravesó la habitación antes de meterse en la cama. La pantalla de mi teléfono lo iluminó cuando se acurrucó a mi lado.

—¿Qué estás viendo? —Entonces vio la pantalla—. Oh.

—No lo había visto hasta ahora.

—Sí, lo siento. Perdí un poco mis nervios. Lamento que hayas visto eso.

—Yo no. —Apagué mi teléfono y lo coloqué sobre la mesita de noche. La habitación ahora estaba completamente oscura, y apreté mi brazo alrededor de él—. Nadie me había defendido a mí ni a mi trabajo antes.

Suspiró y maniobró su brazo debajo de mi cuello para poder sostenerme en su lugar.

—Acostúmbrate de ahora en adelante.

Me acomodé contra él, su calidez y fuerza todo lo que necesitaba. Habían pasado tantas cosas hoy que era difícil para mí entender la gravedad de las cosas. De las imágenes en la televisión, la llamada telefónica con mi padre, Tully dejando todo para estar conmigo, su diatriba con los medios, luego la cena con su familia.

Él diciéndome que me amaba.

Sí, había sido un día intenso, eso era seguro.

Y mañana era el día uno. El ciclón tropical Hazer mañana comenzaría su descenso en aguas australianas y comenzaríamos a ver lluvia, vientos, oleaje y aumento de las aguas mañana por la noche.

Entonces serían veinticuatro horas completas de infierno, probablemente.

Como si su mente lo hubiera llevado a lugares similares, Tully apretó su brazo a mi alrededor y besó un costado de mi cabeza.

—Duerme un poco. Lo vamos a necesitar.

CAPÍTULO SIETE

TULLY

JEREMIAH SE DUCHÓ TEMPRANO; NO ERAN NI LAS CINCO. Había dormido irregularmente en el mejor de los casos, dando vueltas la mayor parte de la noche.

Lo sabía porque yo también lo hice.

Bajé las escaleras, encendí el interruptor de la luz y suspiré cuando vi que la vista del océano había desaparecido, tapiada.

La razón de la falta de sueño…

Hazer se acercaba.

Llené el depósito de agua de la cafetera, la encendí y me dispuse a preparar dos cafés. Y unos huevos con tostadas. Sabía que habría pocas posibilidades de que Jeremiah comiera hoy, así que tenía que esforzarme en que comiera algo.

Bajó las escaleras justo cuando yo estaba sirviendo los platos.

—Oh —dijo mirando el desayuno sobre la mesa—. No tenías que hacer esto.

—Quería —dije dejando nuestros platos—. Para mi novio, el hombre a quién amo.

Farfulló, se sonrojó y se sentó, aparentemente sin habla.

—Te dije que te lo diré todo el tiempo —le dije dándole una de esas sonrisas que sabía que secretamente amaba—. Necesitas comer. Hoy tienes un gran día.

—Todos lo hacemos —dijo en voz baja—. No es demasiado tarde para irte, ya sabes.

Ignoré eso y eché salsa de tomate sobre mis huevos.

El absoluto silencio del otro lado de la mesa me hizo levantar la mirada. Jeremiah miraba boquiabierto mi plato. Horrorizado.

Me hizo reír.

—El que no lo ha probado no puede juzgar.

—Me estoy esforzando mucho para no juzgar —dijo rotundamente—. Aunque estoy empezando a cuestionar tu gusto.

—Mi gusto también te incluye a ti.

—Es por lo que lo estoy cuestionando.

Me reí.

—Si hiciera un condimento de tomate elegante y le diera un nombre elegante, pensarías que soy sofisticado. —Metí un bocado de huevos y salsa y mordí una tostada por si acaso, luego hablé con la boca medio llena—. Pero no soy elegante.

Se rio.

—Puedo verlo.

Comimos en silencio un rato, luego asentí hacia la vista tapiada.

—Odio no poder ver afuera.

—Cielos azules esta mañana hasta la hora del almuerzo —dijo—. La temperatura máxima de treinta y cinco grados, la humedad es actualmente un sesenta por ciento moderado, pero eso aumentará hasta el punto de ruptura alrededor de las seis de la tarde cuando llegue la tormenta.

Lo miré.

—¿Eres una estación meteorológica andante?

Se encogió de hombros mientras sorbía su café.

—Es lo que hago.

Comí lo último de mis huevos, me puse de pie y me bebí el café. Le di un apretón en el hombro de camino al fregadero con mi plato.

—Voy a darme una ducha rápida; entonces te llevaré. Cogeremos un coche y te dejaré. Quiero instalar algunas cámaras —le expliqué—. ¿Puedo usar tu equipo para eso?

Me lanzó una mirada de sorpresa.

—Sí, claro. Me olvide de eso. He estado tan ocupado y distraído… Debería haber pensado en eso.

Me acerqué y besé la parte superior de su cabeza.

—Has estado un poco ocupado, así que es comprensible. Ahora, come. No tardaré.

Subí los escalones de dos en dos, me di la ducha más rápida que he tenido y bajé trotando. Había limpiado la mesa, puesto el lavavajillas en marcha, pero estaba mirando en blanco la pantalla de su ordenador portátil.

No, no en blanco.

Estaba ceniciento, sombrío.

—¿Qué pasa? —pregunté caminando hacia él. Una parte de mí temía preguntar—. ¿Jeremiah?

Me miró, sorprendido, claramente no me había escuchado. Negó con la cabeza.

—Ehh, hay imágenes. —Tragó—. Y fotos, empezando a salir de las islas. En Indonesia, el archipiélago de Alor y Timor Oriental… —Parpadeó un par de veces—. Esas pequeñas islas, no están… simplemente ya no están. Jesucristo, Tully. Mira.

Giró la pantalla hacia mí y era… pura devastación.

Los cimientos de los edificios quedaron expuestos, los edificios no estaban a la vista. Las palmeras y la vegetación, islas enteras, parecían como si una cortadora de césped gigante hubiera diezmado todo a su paso.

Escombros, destrucción, calles inundadas, vehículos esparcidos como juguetes.

—Hay… ¿Hay una cifra de muertos?

—Todavía no, nada oficial. —Se llevó la mano a la boca, sus dedos temblaban—. Esta pobre gente.

—Oye —dije cerrando su ordenador portátil—. Tú no eres responsable de esos lugares.

—No. Pero soy responsable de aquí, de la gente de aquí, Tully. Y el ciclón Hazer que hizo eso. —Empujó su ordenador portátil lejos—. Está viniendo. Esta noche. Comienza esta noche.

Lo puse de pie y lo envolví en un abrazo tan fuerte como pude.

—Tú no eres responsable por la gente, Jeremiah. Eres responsable de proporcionar información y datos, hechos numéricos, nada más. Lo que las autoridades y los servicios de emergencia hagan con esa información está fuera de tus manos. Hiciste tu parte. Cuando te preguntaron, les dijiste en términos inequívocos qué esperar y les dijiste que se fueran.

—Si podían irse —murmuró—. Mucha gente no tiene los medios. Sin transporte, sin dinero. Todas aquellas comunidades indígenas en áreas remotas. Sus casas no están construidas...

Me eché hacia atrás y tomé su rostro.

—Detente. Detente, Jeremiah. Los que estaban en mayor riesgo han sido evacuados. Aquellos que eligieron quedarse tomaron esa decisión por sí mismos.

—Como tú. No deberías quedarte.

Traté de no suspirar.

—Te lo dije, no te voy a dejar.

Hizo un puchero.

—Tully.

Apreté sus mejillas juntas y besé sus labios carnosos.

—Deje de discutir conmigo, Doctor, y venga a ayudarme a preparar una maleta.

—¿Preparar una maleta? —Sus ojos escanearon los míos, en pánico—. ¿Así que te vas?

Por mucho que dijera que quería que me fuera, absolutamente no quería que me fuera.

Puse los ojos en blanco, y con la madre de todos los suspiros, tomé su mano y lo llevé escaleras arriba.

—No. Esta es una bolsa de viaje. Ropa, toallas, primeros auxilios, lubricante. Ya sabes, lo esencial.

Se quedó callado mientras llenábamos una bolsa de lona.

—¿Qué ocurre? —pregunté.

—Debería haber pensado en esto. —Se detuvo, se llevó la mano a la frente y suspiró—. Ni siquiera pensé en las cámaras, y ahora esto. Estoy tan poco preparado.

Apreté su brazo.

—No, no lo estás. Tu mente está enfocada en otras cosas.

—No debería ser así. Debería centrarse exactamente en esto. —Metió una toalla en la bolsa—. En ti. Debería haber considerado lo que necesitas y cómo asegurarme de que lo tengas…

—Jeremiah —dije, mi tono agudo y serio. Su mirada se dirigió hacia la mía—. Deja de pensarlo demasiado. Este es tu primer ciclón.

—¿Has pasado por uno antes?

—Bueno, no. Hemos tenido algunos que se han acercado, y la mayoría han bajado de categoría antes de llegar aquí. Ninguno como este.

—Exactamente.

—He vivido en los trópicos toda mi vida. Tenemos mierda loca cada temporada de lluvias. Aquí lo extremo es la norma.

—Bueno, por definición, eso no tiene sentido. Si esos extremos son normales, entonces ya no son extremos sino la norma…

Sí, de acuerdo, estaba enloqueciendo.

Tomé su brazo y lo obligué a mirarme.

—Para. Necesitamos preparar una maleta y luego llevarte al trabajo. No querrás llegar tarde hoy. Hazer será la menor de tus preocupaciones con una Doreen cabreada viniendo hacia ti. —Lo miré a los ojos—. Está bien estar estresado. Es completamente comprensible estar preocupado en este momento. ¿Dónde está ese científico imperturbable que nos llevó a los manglares infestados de cocodrilos?

—No había cocodrilos cuando llegamos —murmuró. Entonces sus ojos se encontraron con los míos—. Entonces no te tenía. No tenía estos sentimientos. Quiero decir, tal vez los tenía, pero esto es diferente.

Puse mi mano en su mejilla.

—Estaremos bien. Y me tenías en ese entonces. Me tenías mucho antes de eso. —Le di un beso rápido, luego miré alrededor de la habitación—. ¿Hay algo que quieras llevar contigo? ¿Algún artículo personal que no quieras perder en caso de que mi casa no esté aquí mañana?

Parpadeó un par de veces, y pude verlo lidiando con el impulso de enloquecer de nuevo, pero se las arregló para luchar contra eso. Empuñó mi camisa.

—Solo a ti.

Mi sonrisa fue inmediata y el latido de mi corazón casi doloroso contra mis costillas.

—Y crees que no puedes decir que me amas.

Esperaba que sonriera o pusiera los ojos en blanco, pero no lo hizo. Ahora sujetaba mi camisa, sus nudillos blancos. Trató de hablar, tal vez estaba tratando de decirme que me amaba, pero al final solo asintió.

Puse mi frente en la suya.

—Lo sé —susurré—. Lo sé.

Tragó saliva y asintió antes de dejarme ir, y pasé mi mano por su pecho y costillas… hasta que sentí algo que no debería haber estado allí.

—Estás… ¿Llevas puesto un sujetador?

Sus ojos se agrandaron.

—¿Qué? No claro que no. —Se sonrojó y negó con la cabeza—. No estoy usando sujetador.

Le levanté la camisa y él suspiró, resignado. Allí, atado alrededor de su pecho estaba la correa de pecho de frecuencia cardíaca. Levanté una ceja y mi sonrisa se amplió.

—Claramente, no estás tan desprevenido como crees.

Puso los ojos en blanco.

—Deberíamos irnos. O Doreen me enseñará su bate.

—Si lo hace, al menos los paramédicos sabrán las estadísticas de tu electrocardiograma.

Hizo caso omiso de mí broma, echó un último vistazo alrededor de mi habitación, a las fotos en la pared, y fui a cerrar la puerta, pero Jeremiah me detuvo.

—Espera —dijo. Fue a las fotos que había tomado y tomó un marco de la pared. Era la foto en blanco y negro de un yo más joven en el búnker. La sostuvo contra su pecho—. Está bien, ahora estoy listo.

Cerré la puerta con una sonrisa.

Estuvo callado en el camino a su trabajo. Estaba examinando todas las casas tapiadas, todos los sacos de arena. Era un consuelo saber que la gente estaba preparada, y esperaba que él sintiera lo mismo.

—¿Ves? La gente está lista.

Me dio una sonrisa tensa y un asentimiento.

—Eso espero.

Recordé las imágenes de las islas al norte de nosotros, lo diezmadas que estaban y cómo ahora venía a por nosotros.

—Yo también lo espero.

Llegamos un poco tarde, un poco después de las seis, pero a Doreen ni siquiera pareció importarle. Estaba más preocupada por lo que mostraban los radares y las alertas actualizadas ahora que empezaba a amanecer.

Aunque miró a Jeremiah mientras dejaba la bolsa lista y cómo metía el marco de fotos en la bolsa.

—Cielo despejado hasta alrededor de las veintiuna horas —dijo—. Entonces comenzaremos a ver a esta banda moverse. —Señaló la enorme masa circular de nubes que se dirigía directamente hacia nosotros.

—¿Viste las imágenes de Timor-Leste? —preguntó Jeremiah.

Ella asintió, su expresión sombría.

—Sí. Las vi. —Luego lo golpeó en el brazo, casi derribándolo—. Mantén la cabeza en alto. Hay mierda que hacer hoy. Estaré de vuelta alrededor de las cuatro. Supongo que me harás compañía esta noche.

Él asintió.

—Yo también —dije—. Estaré aquí.

—Él no se irá —dijo Jeremiah—. Doreen, si pudieras hacerle entrar en razón.

Ella me sonrió y me dio un golpe en el hombro para igualar el de Jeremiah.

—Buen, chico.

Jeremiah suspiró.

—Eso es lo contrario de útil, gracias.

Recogió a Bruce y, con un portazo, se fue.

No estaba dispuesto a entrar en otra discusión con

él. En su lugar, miré a mí alrededor, a los viejos equipos a lo largo de los estantes traseros.

—¿Puedo usar algunos de estos?

—Puedes usar lo que quieras. —Se encogió de hombros—. No sé cuánto te servirá.

Algo en el panel de control comenzó a parpadear y él se sentó y comenzó a accionar interruptores y presionar botones, lo que estaba seguro de que estaría haciendo todo el día. Luego, el teléfono comenzó a sonar y él estaba hablando con la Administración Oceánica, así que tomé el equipo que necesitaba, le planté un beso en la parte superior de la cabeza, le susurré que volvería pronto y lo dejé solo.

Regresé a casa y recogí mi equipo de tormenta del garaje y algunos aparatos de Jeremiah y comencé a armar una unidad de alojamiento de cámara. La atornillé en la pared de mi balcón y enfoqué la cámara hacia el océano. Configuré el viejo sensor de viento y el barómetro de salida analógica de la oficina, con la esperanza de que pudieran darnos algún tipo de lectura, si sobrevivían. Lo conecté todo, me aseguré de que todas las transmisiones estuvieran grabando y volví a cerrar con llave mi balcón.

En el jardín que daba al océano, instalé la estación meteorológica automática de la oficina. Era de alrededor de la década de 1970, estaba seguro, probablemente guardada después del ciclón Tracy. No se parecía en nada a la de Jeremiah, la que se había dañado en el búnker, pero la sujeté lo mejor que pude con las clavijas y un martillo. Ya había considerado comprarle una nueva, así que, si esta no sobrevivía, y no era probable que lo hiciera, no sería el fin del mundo.

Jeremiah siempre tuvo que ser cauteloso con el dinero, y sabía que había trabajado duro para presupuestar todo su equipo. Pero él estaba conmigo ahora, y me aseguraría de que no tuviera que preocuparse por el dinero otra vez. Si necesitaba una nueva estación meteorológica, le conseguiría la mejor que el dinero pudiera comprar.

Si lográbamos superar esto.

No. No pienses así. Todo va a estar bien.

Porque, maldición, la idea de que algo le pasara a Jeremiah me revolvía el estómago.

Necesitaba concentrarme.

Configurar todo tomó más tiempo de lo que esperaba, y realmente no tenía tiempo para hacer mucho más. Todas mis plantas en macetas estaban dentro, todo estaba tan seguro como podía estar. Si las ventanas explotaban o el techo salía volando, no había nada que pudiera hacer para detenerlo.

Si mi casa siguiera en pie al final de esto, me consideraría muy afortunado.

Pero al final del día, no era la casa lo importante.

La siguiente parada fue la casa de mis padres. Papá y Ellis estaban haciendo una revisión final de la zona de atraque y las oficinas, así que no estaban allí, pero todos los demás sí. Zoe y su familia, Rowan y la suya, y mamá, por supuesto, era el epítome de la gracia bajo el fuego.

Rowan me ayudó a instalar el viejo anemómetro de la oficina en casa de mamá y papá. Era tan viejo que medía en nudos y millas. Si sobreviviera, lo daría a un maldito museo. Estaba claramente preocupado, y estaba seguro de que apreciaba la distracción. Nunca había sido alguien que mostrara emociones, pero dejó escapar un audible suspiro de alivio cuando papá y Ellis regresaron.

Luego, el enfoque se centró en mantener a los niños entretenidos y organizar a los vecinos mayores, además de su pequeño perro y un gato en una jaula, que fue mi señal para irme.

—Debería volver —dije.

—¿Estás seguro de que no te quedarás? —me preguntó Ellis en voz baja. No hubo bromas, ni insultos. Sólo un hermano mayor preocupado.

Negué con la cabeza.

—No puedo. Jeremiah no puede irse. Él necesita atender la estación y yo necesito estar donde él esté.

Mamá me dio un abrazo.

—Lo entendemos.

Ellis asintió.

—Sí, vale. Sin embargo, mantente en contacto.

—Sí, por supuesto. La tormenta de esta noche no será tan fuerte hasta la mañana.

Rowan asintió con fuerza.

—Dicen que la red de telefonía móvil probablemente se caerá, así que no te asustes si no puedes comunicarte con nosotros.

—Lo sé —dije tratando de tener más confianza de la que sentía—. Seguid observando el radar meteorológico de la oficina y escuchad la radio si podéis. Todas las alertas de emergencia se transmitirán. —Miré cada una de sus caras—. Se espera que Hazer toque tierra mañana por la mañana alrededor de las nueve. Todos tendríais que estar abajo en el sótano a las seis. El ojo pasará alrededor del mediodía y debería durar una o dos horas. No significa que haya terminado. La parte trasera del ciclón casi siempre es más poderosa y soplará desde la dirección opuesta. No salgáis. Ni se os ocurra salir de casa...

Papá me dio un abrazo.

—Lo sabemos. Cuídate. Ponte en contacto tan pronto como puedas.

Mamá salió con una bolsa de comida en contenedores para llevar.

—Toma esto. Estaréis a salvo, ¿oíste? Y cuídalo.

Le di un largo abrazo.

—Lo haré, mamá. Gracias.

Ella se apartó y tocó suavemente mi cara.

—Mantente en contacto. Haznos saber que ambos estáis bien.

Asentí, negándome a dejar que mis emociones sacaran lo mejor de mí, pero la forma en que incluyó a Jeremiah realmente me afectó.

—Lo haré, mamá. Cuidaros entre todos.

Agité la mano en despedida y me subí al Jeep. Se sentía extraño dejarlos. Saber que toda mi familia estaría junta sin mí era un sentimiento nuevo y anormal.

Pero luego pensé en Jeremiah y en mi necesidad de estar con él.

Y eso se sentía correcto.

Estar con él era donde se suponía que debía estar.

Pasé junto a una gasolinera, que no tenía demasiada fila de espera, así que llené el Jeep y el bidón con combustible, por si acaso. Tomé algunos refrigerios de última hora y algunas botellas de agua bastante caras y revisé la hora antes de volver a la carretera.

Eran las tres y ocho minutos.

El cielo estaba oscuro al norte, demasiado oscuro para la tarde. Un muro de nubes estaba en camino como una manta ominosa a punto de cubrirnos a todos.

Qué tipo de caos traería, solo el tiempo lo diría.

Las imágenes de esas islas destrozadas pasaron por mi mente, y conduje un poco más rápido para llegar junto a Jeremiah.

El portón ahora estaba encadenado abierto, así que entré directamente.

Era una locura lo quieto que se sentía todo. Qué tranquilo estaba todo.

Llevé la comida y el agua adentro. Jeremiah estaba al teléfono, siendo completamente alguien oficial, y sonrió cuando me vio.

Sabiendo que estaba ocupado, tomé el bidón de combustible y llené el generador que estaba atornillado a la parte trasera del edificio. Estaba arreglando la capota del Jeep cuando salió Jeremiah.

—Oye —dijo cálidamente. Parecía que ya había tenido un día increíble.

Volqué lo último para que se vaciara y después cerré la puerta.

—Hola. —Subí los escalones y pasé mi mano por su brazo—. ¿Estás bien?

Asintió.

—Mejor ahora que estás aquí. Estaba preocupado.

—¿Preocupado de que hubiera hecho lo que has estado tratando que haga y te dejara?

Él frunció el ceño.

—No. Preocupado de que estuvieras… No sé. Solo preocupado.

Me reí y pasé mi brazo alrededor de él, empujándolo adentro.

—Mamá nos preparó la comida. Asumo que no has comido, porque yo tampoco. Estoy hambriento. También fui robado a sabiendas en la estación de servicio por bocadillos y agua. Los precios que cobraban eran escandalosos. Cuando esto termine, les haré una pequeña visita a esos idiotas.

Puso los ojos en blanco.

—Es el día antes de un ciclón. ¿Qué esperabas?

Ahora el panel de control en su mayoría parpadeaba con luces rojas y amarillas.

Advertencia, advertencia, advertencia.

Dios.

—No esperaba que me extorsionaran o atracaran —dije pensando que la distracción sería buena para él. Empecé a sacar la comida que mamá había preparado—. Quiero decir, puedo permitírmelo. Ese no es mi problema. ¿Qué pasa con las personas que no pueden? ¿Qué pasa con aquellos que apenas pueden pagar los precios normales y luego, en una emergencia como esta, no pueden conseguir alimentos básicos o incluso agua? Necesitamos hacerlo mejor. Como una sociedad. Probablemente debería haber pensado en hacer algún tipo de distribución de comida para aquellos que realmente van a tener problema...

Jeremiah me estaba sonriendo.

—¿Qué?

Negó con la cabeza.

—Eres un buen hombre.

Suspiré.

—Bueno, amenacé con violencia física en cámara, ¿recuerdas? Así que tal vez quieras aplazar la santidad. —Le entregué un recipiente con un tenedor.

—¿Tu madre te dio todo esto?

Asentí.

—Con instrucciones estrictas de mantenerte a salvo. Y alimentado. Pero sobre todo a salvo.

Su sonrisa se suavizó y miró la comida en su regazo.

—Dale las gracias de mi parte.

—Puedes decírselo tú mismo. También hubo instrucciones estrictas sobre mantenernos en contacto. Habrá llamadas telefónicas y probablemente FaceTimes. Están todos juntos en el sótano anticiclones, así que mañana por la mañana, si ves a Ellis atado con cinta adhesiva, mejor no lo digas.

Jeremiah rio y almorzó algo. Luego frunció el ceño mientras masticaba.

—¿Te gustaría estar con ellos?

Golpeé mi rodilla contra la suya.

—No vamos a volver a hablar de eso.

—Es una pregunta justa.

—Tal vez me gustaría que estuviéramos los dos con ellos. Juntos. Pero eso no puede suceder, así que no. Deseo estar contigo. —Agité mi tenedor hacia el suelo

—. *Estoy aquí* porque deseo estar *aquí*. Tal vez podrías dejar de preguntarme o de verdad podría acomplejarme de que en realidad no me quieres cerca.

Se quedó helado, y me hubiera gustado decir que estaba bromeando, pero no lo estaba.

Negó con la cabeza, un poco asustado.

—Yo-yo-yo estoy contento de que estés aquí —susurró—. No quiero sonar desagradecido. Realmente aprecio que hayas elegido estar aquí conmigo. Lo siento si lo hice sonar de otra manera. Solo me preocupo… No quiero ser la razón por la que te separes de ellos.

Golpeé mi rodilla con la suya de nuevo, y esta vez, enganché mi pie alrededor del suyo.

—No eres la razón. Yo soy la razón. Porque el estúpido de mí fue y se enamoró de un chico que tiene un trabajo bastante importante que hacer.

Pasó de hacer pucheros, a fruncir el ceño, a sonreír y a sonrojarse, todo en el espacio de unos tres segundos.

—La comida está muy buena —dijo.

Gruñí.

—Te digo que te amo y dices mmm, la comida está deliciosa. —Fingí apuñalarme en el corazón con mi tenedor—. Mi pobre corazón.

Me hizo una mueca linda y sonriente con el ceño fruncido, luego fingió apuñalarme con su tenedor.

—Tú sabes lo que quiero decir. Sabes que no puedo hablar de estas cosas. Dios. —Hizo un puchero y me devolvió el recipiente de comida—. Deberíamos guardar algo. Racionarlo.

Lo tomé de él y volví a poner la tapa. Asentí.

—Sí, vale.

—Tully —murmuró—. Lo lamento.

Debería haber encontrado algo de consuelo en el hecho de que estaba sonrojado y parecía arrepentido.

—Está bien. ¿Has estado ocupado hoy?

Asintió.

—Sin descanso. Ha sido bueno, en cierto modo. De lo contrario, me habría vuelto loco. No me di cuenta de la hora hasta que te vi entrar.

—Los cielos están oscuros al norte. Hazer está en camino.

Jeremiah asintió y luego señaló con la barbilla el radar junto a mi hombro.

—Y no está disminuyendo la velocidad. Ganando velocidad, en todo caso.

Suspiré.

—Alegría.

—Sí, en realidad no.

Traté de alegrar el estado de ánimo.

—Todo habrá terminado, mayormente, mañana a esta hora.

Asintió.

—Solo un día.

—Será casi tan malo como aquella vez que volviste a Melbourne y me dejaste por un día. Las peores treinta y cinco horas de mi vida.

Se rio.

—Casi.

Entonces notamos un camión en la cámara de seguridad. Una grúa, más específicamente. Y entró en el patio.

¿Qué demonios?

—Bajaré —dije, dejando los recipientes de comida y dirigiéndome hacia la puerta. Cogí el bate de béisbol y salí. El conductor era un hombre enorme, y no estaba seguro de si sostener el bate era una buena o mala decisión.

Hasta que Doreen y una mujer más pequeña saltaron del camión.

—Gracias, amigo. Cuídate —dijo Doreen con un gesto al conductor de la grúa.

La mujer con la que estaba, a quien podía ver ahora que sostenía a Bruce, le lanzó un beso al conductor del camión. Doreen se echó a reír, se colgó una bolsa al hombro y se volvió para verme.

Sosteniendo su bate.

Ella sonrió.

—Sabía que me agradabas, Tully.

Resoplé.

—Gracias. ¿Le pasa algo a tu moto?

—No. Sólo pensé en dejarla en casa. Más segura allí.

Sí, por supuesto.

—Buena idea.

Doreen señaló con el pulgar la grúa que ahora se marchaba.

—Ese es mi hermanito. —Luego pasó su brazo alrededor de la mujer—. Y esta es mi Suri.

Suri era una mujer pequeña con cabello largo y negro, indonesia o malaya, si tuviera que adivinar. Tenía unos cincuenta años, estaba pegada al costado de Doreen como si estuviera hecha para eso y tenía una hermosa sonrisa.

—Hola —dijo alegremente.

—Encantado de conocerte —dije sosteniendo la puerta para ellas—. Creo que nos espera un momento de mal tiempo. Podríais querer entrar.

Doreen resopló.

—Supuse que era mejor venir antes de que empezara a llover. No tiene sentido mojarse —dijo dejando que Suri entrara primero.

Le sonreí y ella puso los ojos en blanco mientras entraba.

—Oyeee —dijo, viendo las pantallas y los botones parpadeantes en el tablero de la consola—. Pepe Grillo, ¿estás un poco ocupado o algo así? —dijo ella, inmediatamente tomando su asiento y ayudando a Jeremiah—. Vi que la puerta estaba encadenada —dijo después de unos segundos. Ella me miró y asintió—. Pensamiento inteligente.

Me encogí de hombros.

—No me mires. Fue Jeremiah.

Jeremiah se puso de pie y fue a la pantalla de alimentación de datos, que ahora estaba rodando como una máquina de póquer.

—Simplemente pensé que sería más seguro, si tuviéramos que irnos a toda prisa, o si los escombros cayeran contra la cerca, podrían bloquearnos. No creo que recibamos visitantes no deseados hoy.

Regresó a su asiento y solo entonces pareció notar a la otra persona en la habitación.

—Oh, Dios mío, lo siento —dijo volviendo a ponerse de pie.

—Jeremiah —le dije—. Esta es Suri, la media naranja de Doreen.

—Su mitad *mucho* mejor —dijo Suri.

—Oye —se quejó Doreen.

Suri guiñó un ojo y luego asintió hacia las pantallas de arriba, que mostraban diferentes vistas de la tormenta.

—Oh, mira. Unas pantallas que funcionan.

Jeremiah le tendió la mano a Suri para que se la estrechara.

—Encantado de conocerte. Tully reemplazó esas pantallas. Y arregló la silla vieja.

Bueno, las pantallas no costaron mucho y las pagué porque era poco probable que Jeremiah consiguiera muchos fondos de la oficina central. La silla era una necesidad, especialmente con todo el tiempo que pasé aquí con él en su primera semana. Ya era bastante malo que su oficina saliera directamente del túnel del tiempo, y yo quería que se quedara. Traté de hacerla lo más cómoda posible para él.

—Bien —dijo Suri, mirando a su alrededor—. En realidad, ahora también está mucho más limpio.

—Oyeee —se quejó Doreen de nuevo.

Me reí.

—Bueno, eliminé parte del equipo viejo hoy. Coloqué la cámara en mi balcón. Da al océano, así que deberíamos tener una vista frontal de Hazer viniendo directamente hacia nosotros. Y ese viejo anemómetro que estaba en el estante, lo instalé en casa de mis padres. Ah, además de la transmisión de la cámara, tengo uno de esos timbres de video. Deberíamos echar un vistazo.

Tomé mi bolsa y saqué mi ordenador portátil. Llevó

un poco de tiempo ponerlo todo en marcha, pero pronto tuvimos una transmisión de video desde mi balcón, mirando directamente hacia el golfo y el mar de Timor, y la vista de la calle desde la puerta de entrada de la casa.

La vista que daba al océano era oscura y amenazante, mientras que la vista del frente de la casa parecía un hermoso día soleado. Parecían dos lugares diferentes, mundos separados.

Suri movió algunas cosas en la oficina, creando un lugar más seguro para que ella y yo nos sentáramos contra la pared y para que los objetos fueran menos proyectiles en caso de que perdiéramos las ventanas o, peor aún, el techo.

Luego conectó algunos tableros de energía y se aseguró de que los teléfonos de todos y mi ordenador portátil estuvieran cargando.

—No sabemos por cuánto tiempo podríamos quedarnos sin energía —dijo sacando dos bancos de energía para cargar también—. Crucemos los dedos para no necesitarlos.

—Suenas como si hubieras pasado por esto antes —dije.

Ella se encogió de hombros.

—Crecí con los monzones. Pero yo soy de Banda Aceh.

Banda Aceh…

Ay, dios mío.

Oh, mi maldito dios.

Toda la provincia de Indonesia casi había sido borrada del planeta en el 2004. Yo era solo un niño pequeño en ese momento, pero la gente *todavía* hablaba de ese tsunami. Había matado a más de 160.000 personas sólo en Banda Aceh…

Jeremiah giró su silla para poder mirarla, con la boca abierta.

Sí, él también lo sabía, lo cual no fue nada sorprendente dado que fue uno de los fenómenos meteorológicos más violentos de nuestro tiempo.

Ella sonrió cuando vio el reconocimiento en nuestros rostros.

—Me mudé aquí después de eso.

Ni siquiera podía imaginar…

—Jesús. Y ahora te enfrentas a otro desastre natural.

Ella asintió con un largo suspiro.

—¿Qué más podemos hacer, eh? Solo tenemos que hacer nuestro mejor esfuerzo.

—¿Has vivido el paso de un ciclón? —pregunté.

Suri asintió.

—Sí, pero más pequeño. No tan grande como este.

Eso no me infundió mucha confianza. Pero la verdad era que no habían aterrizado muchos Categoría 5 en Australia, y hasta que cambiaron el sistema de calificación, no hubo ciclones más grandes que Hazer.

Y Doreen había sobrevivido al ciclón Tracy. Juntas tenían algo de experiencia y ninguna parecía del tipo que entra en pánico, así que tal vez Jeremiah y yo estábamos en buena compañía.

Sin embargo, la transmisión de video parecía siniestra.

—Está bien, aquí viene —dije girando mi ordenador

portátil para que pudieran ver la pantalla—. Aquí está la lluvia.

Y efectivamente, como cualquier bestia de ese tamaño, las nubes oscuras se deslizaron lentamente hacia mi balcón. El viento y un muro de lluvia se dirigían directamente hacia nosotros. Extendido y bajo, el gran tamaño de la parte delantera del mismo…

Los ojos de Jeremiah se encontraron con los míos, solemnes y arrepentidos.

—Hazer está aquí.

Le di un apretón al brazo de Suri.

—¿Estás bien?

Ella me dio un asentimiento sombrío.

—No es tanto la lluvia que cae lo que me asusta —dijo—. Pero si el agua en aumento.

Cristo.

Ni siquiera podía imaginarlo.

—Echemos un último vistazo a la luz del día —dijo Suri poniéndose de pie y tirando de Doreen hacia ella —. Vamos, Dori. Dios sabe cuándo volveremos a ver el cielo azul.

Me puse de pie y le tendí la mano a Jeremiah.

—Vayamos. Nosotros también. —Hizo una mueca ante el tablero de instrumentos, así que lo tomé del brazo y tiré de él—. Diez segundos no harán daño.

Lo arrastré hasta el porche delantero donde ya estaban Doreen y Suri. Estaban mirando hacia atrás por encima de la cochera, hacia el norte. Las nubes estaban casi encima de nosotros, invadiendo el cielo azul como humo.

Estábamos a pocos kilómetros de mi casa, por lo que

no tardaría en llegar hasta nosotros. Pero los vientos llegaron primero. Los árboles en la calle comenzaron a moverse, y el mundo estaba inquietantemente silencioso.

—¿Puedes oír eso? —pregunté—. Sin pájaros. No hay ruido en absoluto, en realidad.

Era inquietante y antinatural, y se sentía como si todo el mundo estuviera conteniendo la respiración.

Doreen rodeó a Suri con el brazo, como si el silencio de los pájaros fuera algo que ya había vivido antes, de lo que había hablado antes.

Antes del tsunami.

Puse mi brazo alrededor de la cintura de Jeremiah y apoyé mi barbilla en su hombro, y vimos como las primeras gotas de lluvia comenzaban a salpicar su camino hacia nosotros.

Entonces empezó a martillar.

Y la lluvia simplemente no se detuvo.

CAPÍTULO OCHO

JEREMIAH

Durante las siguientes horas, Doreen y yo emitimos alerta tras alerta sobre fuertes tormentas, intensas granizadas, fuertes lluvias, aumento de las aguas, olas peligrosas y marejadas. La lista parecía interminable.

Justo al otro lado del Top End del Territorio Norte.

Me alivió que Suri estuviera aquí porque le hacía compañía a Tully. Acamparon en el suelo, en una esquina, miraron las transmisiones de video en su ordenador portátil, jugaron a las cartas, jugaron con Bruce, contaron chistes y se divirtieron mucho mientras los cielos se oscurecían y la tormenta rugía.

A las diez en punto todos habíamos comido, y Tully había tenido algunas llamadas telefónicas con su familia, y un FaceTime en el que su madre había insistido en preguntarme, en voz muy alta, si Tully se había asegurado de que hubiera comido.

La saludé torpemente desde mi asiento.

—Sí, comimos, muchas gracias por la comida.

—Cuando quieras, querido —dijo ella.

Me volví hacia mi consola. Claro, estaba ocupado, y todas las pantallas y botones parpadeaban, pero sobre todo para que no pudiera verme sonrojarme.

Tener una madre preocupada por mí era extrañamente reconfortante. O el hecho de que algún padre se preocupara por mí, si era honesto. Pero una madre, en particular…

—¿A qué es muy lindo? —le había preguntado Tully a toda su familia mirando la pantalla.

—Oh, Tully, cuídalo, está trabajando muy duro —dijo su madre. Todos la habíamos oído. Tully había subido el volumen por encima del sonido de la lluvia, claramente no necesitaba ocultarle nada a nadie. Y menos a su familia. Ni a nadie en esta habitación.

Yo, por otro lado, todavía no estaba acostumbrado a tal afecto externo. Agaché la cabeza y Doreen se rio a mi lado y me empujó el hombro.

—No pensé que serías del tipo tímido.

—Déjalo en paz —la reprendió Suri.

Tully se rio.

—Está bien, chicos —dijo a la pantalla—. Vamos a desconectarnos e intentar atrapar algunas zetas. Haced lo mismo y hablaremos de nuevo por la mañana.

—Bueno, amor. Que durmáis bien.

Me ardía el pecho escucharlos hablar con tanto cariño. Una mezcla de vergüenza y añoranza.

—Recordad, bajar temprano —dijo Tully.

Hubo murmullos de buenas noches y buena suerte, y terminó la videollamada. Todas las transmisiones en vivo mostraban lo mismo: fuertes lluvias, inclinadas por fuertes vientos que cambiaban de dirección por capricho. Era borrascoso, sin un patrón perceptible todavía, solo caos. Una simple muestra de lo que estaba por venir.

—Supongo que deberíamos hacer turnos —dijo Doreen.

Asentí.

—Sí, eso sería lo mejor. ¿Por qué no duermes tú primero? —sugerí.

Con un asentimiento, Doreen se levantó y se estiró, gimiendo en voz alta, con las manos casi tocando el techo.

—Está bien, Tully, levántate —dijo bruscamente—. Estás en mi cama.

Con una sonrisa, se levantó, recogió su ordenador portátil y señaló el suelo junto a Suri.

—Toda tuya.

Tan pronto como Doreen estuvo acostada, Bruce saltó sobre ella y Suri se acurrucó debajo de su brazo, como si fuera exactamente como los tres dormían todas las noches.

Era un poco dulce.

Tully se dejó caer en la silla de Doreen y lentamente se acercó a mí.

—Ya sabes —dijo—. Deliberadamente no traje condones en nuestra bolsa, pero hay lubricante.

—Todavía no estoy durmiendo —dijo Doreen desde la esquina.

Jadeé.

—Ay, dios mío.

Tully se rio y luego fingió susurrar:

—Sabes, deliberadamente no guardé condones en nuestra bolsa…

Suri se rio y yo quería morirme.

Aparté su silla de la mía.

—Cállate, están tratando de dormir.

Tully se rio entre dientes y volvió a abrir su portátil para comprobar la transmisión de vídeo en directo. Teníamos radares satelitales y algunas cámaras de filmación, pero la que él tenía era perfecta. Estaba mirando hacia el mar, directamente de cara al ciclón.

Todo lo que podíamos ver en este momento eran ráfagas de lluvia a unos pocos centímetros en la oscuridad, pero si aguantaba hasta el amanecer, la filmación sería espectacular.

Si aguantaba. Si la cámara se mantenía intacta.

Si su casa seguía en pie…

Y a través de cada minuto y cada hora que pasaba, la lluvia nunca se detuvo, los vientos eran un yo-yo de tempestuoso a vendaval. Envié alertas de granizo grande y algo de actividad de rayos, más lluvias intensas y más advertencias de viento.

En el Top End, todo Darwin, Kakadu y la Tierra de Arnhem.

Tully se durmió en su silla alrededor de la una y media y yo lo dejé dormir. Necesitaba descansar, y si era completamente honesto, me gustaba verlo dormir.

Dios, era tan guapo.

Tenía los brazos cruzados, la barbilla sobre el pecho, las piernas estiradas. Su largo cabello estaba recogido hacia atrás en esa bonita cola de caballo, y las luces en el panel de control pintaban su perfil en naranja, verde y rojo intermitente.

Pero alrededor de las tres de la mañana, un trueno muy intenso sacudió el edificio. Tully se levantó de un salto de la silla y Doreen se incorporó de golpe, con Suri todavía bajo el brazo, todavía medio dormida. Bruce comenzó a ladrar a las paredes.

—Jesucristo —dijo Doreen, levantando a Bruce—. Eso estuvo cerca.

—Tenemos una tormenta eléctrica —dije declarando lo obvio. Más truenos retumbaron y un relámpago atravesó la noche, justo encima de nosotros.

Tully se agachó.

—Jodida mierda. Eso está demasiado cerca.

—¿Qué hora es? —preguntó Doreen.

—Las tres de la madrugada.

—¿Las tres? Chico te dije que me despertaras —dijo levantándose—. Se supone que el turno dividido debe ser dividido. Deberías haberme despertado hace una hora.

—Bueno, teniendo en cuenta que técnicamente ni siquiera tienes que estar aquí, pensé que estaría a cargo la mayor parte del tiempo.

Ella suspiró y me señaló con el pulgar.

—Fuera de la silla. —Luego apuntó a Tully—. Tú también.

No necesitaba que se lo dijera dos veces, y dado que ella claramente no era una persona mañanera, a mí tampoco.

—Prepararé un poco de café —dijo Suri, desapareciendo en la pequeña cocina. La luz de la puerta abierta me permitió ver dónde podía acostarme, y aunque dudaba que pudiera dormir, sabía que descansar mi cuerpo era una buena idea.

Tully echó un vistazo rápido al ordenador portátil y su rostro iluminado mostró conmoción e incredulidad. Giró la pantalla para que yo pudiera ver y, a pesar de que estaba completamente oscuro y la lluvia caía oblicuamente hacia el balcón, los relámpagos iluminaban el puerto como una luz estroboscópica de terror.

Mostraba cuán verdaderamente grande era la tormenta, cuán oscuras eran las nubes, cuán tumultuosa ya estaba el agua. Y la lluvia en el viento… Dios ayúdanos.

Cerró el ordenador portátil y lo empujó cerca de la pared, luego maniobró mi brazo para que yo fuera su almohada, y suspiró contra mí.

Suri apagó la luz, aunque podía oler el café que había preparado. Los sonidos de la tormenta eran fuertes y los estruendos de los truenos se estrellaban al mismo tiempo que los destellos en las pantallas sobre el panel de control. No había diferencia de tiempo, lo que significaba que la tormenta, los rayos, estaban directamente sobre nosotros.

La ciudad de Darwin estaba recibiendo un espectáculo de luces tan constante e intenso que casi parecía la luz del día.

Pero el peso de Tully en mi brazo, su cuerpo contra el mío, su calor, eran como una manta pesada, y el sonido de la lluvia torrencial, los truenos y los relámpagos, eran extrañamente reconfortantes. Y, por algún milagro, o un testimonio de lo exhausto que estaba, mis párpados se cerraron.

Podría haber jurado que solo parpadeé.

Pero pronto Suri estaba sacudiendo suavemente mi hombro.

—Lo siento, queridos chicos —dijo. Volvió a mirar el panel de control, al radar que mostraba que el ciclón finalmente se había arrastrado los últimos centímetros hasta llegar a casa—. Es hora de jugar.

Tully ahora estaba frente a mí, su rostro enterrado en mi pecho, su cabello desordenado. Al parecer me había babeado la axila.

Puaj.

Desenrollé mi brazo de alrededor de él y se giró sobre su espalda con un gemido. Me senté y me di cuenta de lo que estaba escuchando…

El viento y la lluvia. Aullando tan constantemente que sonaba como un ruido oscuro.

—Mierda —dije casi teniendo que gritar—. Es ruidoso.

—Te asusta, ¿no? —dijo Doreen—. Hasta que te acostumbras tanto a escucharlo que ni siquiera parece que lo escuchas.

Suri reapareció con dos cafés recién hechos. Me puse de pie y tomé uno, y ella le entregó el otro a Tully, quien todavía estaba sentado en el suelo, tratando de reconciliarse con el mundo.

—¿Qué hora es? —preguntó.

—Las seis en punto —respondió Suri.

Me senté en mi asiento y observé el tablero, los radares, los datos, las advertencias, las alertas, los pitidos continuos y las luces intermitentes. ¿Cómo había logrado dormir?

La oscuridad de nuestra oficina tapiada era engañosa porque la luz del día había aparecido. Miré las pantallas sobre el panel. Una era de la parte superior del edificio de la estación de noticias. Se veía bastante salvaje por ahí.

Ver los radares y saber qué significaban esos números era bastante diferente a ver la transmisión en vivo.

Las palmeras se inclinaban en ángulo, las hojas se tensaban con el viento, pequeños escombros y basura barrían las calles inundadas. El agua de la bahía estaba saltando a la carretera, las orillas y la arena ya no eran visibles.

La banda costera y el distrito central estaban a punto de hundirse con el aumento de marea.

Y el ciclón ni siquiera había comenzado todavía.

Las áreas bajas al oeste, en Kakadu y la Tierra de Arnhem, se estaban inundando. Fuertes lluvias continuaban azotándolas.

Tully abrió su portátil y fue directamente al canal de noticias matutinas. Subió el volumen.

—Todos los ojos en el país están puestos en Darwin, en esta mañana cuando amanece y podemos comenzar a ver el tamaño, la monstruosidad de lo que está por venir a medida que el ciclón Hazer se abate sobre una ciudad ya maltratada.

Había una reportera de noticias de pie en la calle, como una idiota. Parecía vagamente familiar como una de las periodistas a las que Tully les había dicho que se fueran. Llevaba un impermeable amarillo, hablaba a la cámara y tenía que gritar para que la escucharan por encima del ruido. Estaba siendo salpicada por la lluvia, la vista detrás de ella era de la calle frente a la playa, apenas reconocible.

Suspiré.

—Ella es una idiota por estar de pie ahí.

—Los obligan a hacerlo —dijo Doreen.

—Bueno, cualquier productor que haga que sus reporteros se pongan en peligro para obtener buenos índices de audiencia debería ser despedido. —Negué con la cabeza—. Los índices de audiencia serán asombrosos cuando sea golpeada con escombros voladores en vivo en la televisión matutina. Gran visión familiar.

Doreen resopló y Tully tomó un sorbo de café.

—Creo que ella es a la que le di una buena diatriba el otro día.

—Hemos recibido informes continuos de la oficina meteorológica durante la noche —dijo la reportera en la pantalla—. Ahora, sabemos que la estación debe controlarse manualmente, por lo que me gustaría agradecer al equipo trabajador que nos brinda la información para mantenernos a salvo.

—¡Guau! —gritó Doreen y me golpeó el hombro—. Ella nos convirtió en héroes.

Puse los ojos en blanco.

—Sigue sin gustarme, y sigue siendo una idiota por estar exponiéndose ahí fuera.

Tully se encogió de hombros.

—Bueno, al menos ella no está aquí molestándonos.

Eso era cierto.

—Punto justo.

—Voy a llamar a mi familia —dijo presionando rápidamente la aplicación FaceTime. En solo unos segundos, la pantalla se llenó con un montón de caras—. Hola, chicos —saludó.

—Buenos días, Tully —dijo su padre, seguido de un grupo de voces.

Incluido Ellis.

—Hola, bolsa de pollas.

Entonces Rowan y dos mujeres que nunca había visto antes, tal vez Zoe y la esposa de Rowan, lo empujaron fuera de la pantalla, amonestando su lenguaje frente a los niños.

Tully pensó que era divertido.

—Hay cinta adhesiva en los cajones. Si lo atáis, tenéis que enviarme fotos.

Su madre suspiró.

—Entonces, ¿cómo estáis?

Tuvo que gritar por encima del ruido de la tormenta.

—Sí, estamos bien aquí, mamá. ¿Qué tal todos vosotros?

Su padre asintió.

—Estamos todos bien. Es agradable y acogedor en este momento. El ruido sobre nosotros es una locura, pero tenemos comida y agua, y todos estamos a salvo.

—Bien, genial. Y sí, es ruidoso aquí también. Probablemente sea algo bueno que no podamos ver afuera, aunque las transmisiones de video se ven bastante salvajes. —La sonrisa de Tully vaciló por un breve segundo, y me dolió saber que una parte de él, incluso la más pequeña, deseaba estar allí con ellos y que yo fuera la razón por la que no lo estaba.

—Las cosas se pondrán difíciles durante las próximas dos horas. Jeremiah, ¿Qué esperamos?

No quería dar detalles porque no quería sonar pesimista o asustarlos. Solo pude asentir y repetir lo que dijo.

—Sí. Las cosas se pondrán difíciles durante las próximas dos horas.

Mis ojos se encontraron con los suyos, y él asintió. Entonces Tully le devolvió la sonrisa a la pantalla.

—Bueno. Hablaremos de nuevo pronto, ¿de acuerdo?

Todos asintieron.

—Te quiero —dijo su padre, y mi corazón ardió. Escuchar su afecto y amor mutuo hizo que mi relación con mi propio padre se sintiera tan… triste.

Me ocupé con la consola, leyendo algunos datos increíbles. Velocidades de viento que nunca había visto, mínimas de 980 hectopascales y precipitaciones superiores a los 200 ml en cuestión de horas. Doreen y yo hacíamos todo lo posible para mantener las alertas actualizadas con los datos que ingresaban. Pero mi mente seguía divagando…

Hasta que la gran mano de Doreen agarró mi hombro. Suave pero firme.

—¿Estás bien, Doc?

Sorprendido, asentí rápidamente. No me había dado cuenta de que me había desconectado.

—Ah, sí, por supuesto.

Tully se acercó y se acomodó en mi regazo.

—Tully, no puedo ver…

Sostuvo mi teléfono.

—Llama a tu padre.

—Estoy un poco ocupado.

Presionó el teléfono contra mi pecho con la esperanza de que lo tomara.

—Mientras todavía tengamos torres de telefonía móvil. Mientras puedas.

—Tully…

Suspiró, luego sostuvo mi teléfono frente a mi cara para desbloquear la pantalla. Se desplazó por un segundo, presionó algunos botones y luego acercó el teléfono a mi oído. La voz de mi padre era débil.

—Hola.

Maldita sea.

—Hola, papá, soy yo. Vas a tener que hablar fuerte. No puedo oírte.

—¿Jeremiah? ¿Puedes escucharme ahora?

Sonaba como si estuviera gritando, pero apenas podía escucharlo.

—Sí, ahora puedo. Es bastante ruidoso aquí.

—He estado viendo las noticias —dijo—. Me preguntaba cómo te estaba yendo.

—Todo bien por el momento. La pared frontal está justo sobre nosotros ahora mismo. Las cosas se van a poner peor por un tiempo.

Se quedó en silencio por un segundo.

—Correcto, sí. Supongo que lo harán.

Entonces me quedé callado, porque no tenía ni idea de qué decir. Nunca fuimos buenos para hablar.

—Está bien, papá. Tengo que dejarte.

Otro golpe de silencio.

—Bueno, gracias por llamar. Estaba preocupado.

¿Lo estaba?

Parecía que lo estaba, pero tal vez no.

—Te llamaré cuando pueda. Dicen que podríamos perder las torres telefónicas y la energía, así que no te preocupes demasiado si no puedo comunicarme contigo.

—Oh, por supuesto. Está bien, te dejo para que sigas trabajando.

—Adiós, papá.

—Bueno. Cuídate.

Y la línea se cortó.

Tully me quitó el teléfono de la oreja. Me dio un apretón en la nuca.

—¿Estás bien?

Asentí.

—Sí. Gracias. —Me encontré con su mirada—. Gracias.

Besó la parte superior de mi cabeza.

—De nada.

—Está bien, tenemos vientos de doscientos veinte kilómetros por hora —dijo Doreen.

Cristo.

El rugido del exterior era casi ensordecedor. El edificio se estremeció con la fuerza del viento, el techo se sacudía constantemente. Podíamos escuchar el equipo en el techo resistiendo, las antenas, los repetidores y las antenas parabólicas sufriendo, el metal todo crujiendo y gimiendo.

Pero se sentía como si fuesen a aguantar.

Empezaba a pensar que este edificio era otro búnker, despúes del de Kakadu. Construido en los días en que las cosas se hacían para durar. Por supuesto, la oficina no se construyó en el paseo marítimo donde Hazer estaba atacando primero…

Miré las pantallas que mostraban imágenes en vivo de la sala de redacción. La pantalla parecía rota, solo mostraba imágenes estáticas grises, pero no. Era todo lo que podíamos ver. Vistas estremecedoras de lluvia horizontal y vislumbres del océano que parecía un vacío.

Era tan increíble como aterrador.

Pero el ruido. No podía creer lo fuerte que era.

Tuve que preguntarme cómo estaría la casa de Tully y si aún estaría en pie. Estaba frente al agua y posiblemente sería un impacto directo.

—Tully, ¿cómo va tu cámara? —Miré hacia atrás para encontrarlos a Suri y a él sentados contra la pared, juntos, con el brazo de él alrededor del hombro de ella. Estaba claramente asustada, visiblemente temblando, y sabiendo que había sobrevivido al desastre de Banda Aceh, no me sorprendió.

Mirarlos hacia atrás hizo que Doreen mirara también, y se congeló.

—Suri —murmuró mientras se levantaba, justo cuando el sonido del metal desgarrándose chirriaba en el furor sobre nosotros. Una de las pantallas del tablero se puso negra.

—Hemos perdido el sensor de presión —dije.

Pero a Doreen no le importaba. El panel de la consola se olvidó, el trabajo, el ciclón, todo lo demás se olvidó cuando rápidamente se sentó al lado de Suri y la recogió, incluido Bruce.

—Jeremiah —gritó Tully, agachando la cabeza ante el ruido. Palmeó el suelo junto a él—. Ven y siéntate aquí.

Más metal desgarrado chirrió sobre nosotros, y miré la consola justo a tiempo para ver otra pantalla parpadear.

—La antena del satélite se ha ido —dije.

No es que pudieran oírme.

El edificio estaba temblando mucho ahora, traqueteando y gimiendo. Miré hacia el techo, esperando que se despegara o se rasgara en cualquier segundo… sin embargo, de alguna manera aguantaba.

La mano de Tully en mi brazo me sobresaltó. Me llevó a la esquina con ellos, su mano en un agarre mortal sobre la mía. Y me di cuenta entonces, un poco demasiado tarde, como solía hacer, que no era por mi comodidad, sino por la de él.

Él me necesitaba.

Así que puse mi brazo a su alrededor y sostuve sus manos con la otra.

—Está bien —grité para que pudiera escucharme—. Estaremos bien.

Quería revisar su ordenador portátil, ver la vista desde su balcón, pero lo pensé mejor.

Había una buena posibilidad de que la cámara no estuviera, y no tenía que preocuparse si eso significaba que su casa se había ido con ella.

—Debería haber tomado el trabajo en la Antártida —grité abrazando a Tully un poco más fuerte—. Allí no tienen ciclones, y ¿qué tan grave podría ser una tormenta de nieve?

Me miró, y cuando vio que estaba bromeando, casi sonrió.

—Soy de los trópicos —gritó de vuelta—. No podemos mudarnos a ningún lugar donde nieve.

Me reí y besé un lado de su cabeza, abrazándolo más fuerte. Me encantó que hubiera incluido la parte de *nosotros* en eso.

Que seríamos un *nosotros* para tener en cuenta todas nuestras decisiones.

¿Probablemente era demasiado pronto en nuestra relación para ese tipo de pensamiento?

Tal vez.

En medio de un ciclón en un edificio que se sentía a segundos de desmoronarse a nuestro alrededor, ¿me importaba una mierda lo que pensaran los demás?

No.

Este hombre que me amaba, que se sentaba acurrucado en mis brazos, temblando y sobresaltado por cada ruido repentino, cada golpe, cada crujido y quejido de ladrillos, cemento y acero. Al sonido del infierno desatado fuera.

Ante la incertidumbre, se aclaran las prioridades.

Si este era nuestro último día en la Tierra, quería que fuera con él. Y si no era el último, quería muchos más con él.

Así que lo abracé un poco más fuerte, lo acuné más cerca.

Sabía, teóricamente, qué esperar de soportar un ciclón. Leí informes de datos y escuché relatos de personas que los habían vivido. Había visto las imágenes de las secuelas y sabía el poder de la naturaleza que se necesitaba para acumular ese tipo de destrucción.

Lo que había subestimado enormemente era el ruido. O tal vez uno tenía que experimentarlo de primera mano para comprender realmente cómo era el sonido de un ciclón. Parecía que un avión aterrizaba en la habitación. O un tren. O ambos.

Pero lo más extraño para mí era el tiempo.

El tiempo se sentía erróneo.

Cada segundo era un minuto, cada minuto era una hora.

Podía ver el radar desde donde estaba sentado. Podía verlo todavía moviéndose en tiempo real, pero todo lo demás estaba en cámara lenta con vientos de casi trescientos kilómetros por hora.

Hacía que todo se sintiera surrealista.

Y entonces me di cuenta de que estaba teniendo un momento de disociación. Que tal vez este nivel de miedo había hecho que mi cerebro desconectara el razonamiento emocional, y comencé a evaluar la tormenta clínicamente, metódicamente. Como si le estuviera pasando a otra persona y yo simplemente estuviera analizando los datos.

Vientos de hasta 280 km por hora.

Bajas hasta 925 hectopascales.

Otros 100 ml de lluvia.

Y esos números, esas estadísticas, significaban destrucción de alto nivel. Eso significaba que los edificios desaparecerían.

La gente.

Habría un número de muertos. Un hecho que esos números no podían negar.

Y advertí a la gente. Traté de decirles cuando esa reportera de noticias me preguntó.

¿Habían escuchado?

Tully no se fue. Su familia tampoco. Aparentemente tenían un *sótano a prueba de ciclones*, pero cuanto más miraba esos números, y dado que su casa estaba completamente expuesta, frente al océano... Tuve que preguntarme cómo sobreviviría *algo*.

Como las islas que habían sido borradas del mapa.

Miré las pantallas.

La cámara del edificio de noticias se había ido, ahora solo una pantalla de puntos blancos borrosos. Y luego miré a la cámara de seguridad en el frente del edificio en el que estábamos acurrucados...

Una hoja de algo había sido arrastrada al aparcamiento. Parecía hierro para techos. Y había basura y escombros atascados en la cerca, y algo oscuro en el rellano de los escalones.

Algo... una forma extraña. Una forma extraña en movimiento...

—¿Qué es eso? —dije. Toqué el hombro de Tully para que aflojara su agarre para poder levantarme. Fui a la pantalla para ver mejor.

Parecía un...

Algo vivo.

—Vuelvo enseguida —dije dudando que pudieran oírme. Fui al área del vestíbulo y agarré la puerta. Al principio no se movía, como si estuviera cerrada con llave o con ventosas, y tuve que tirar de ella con todas mis fuerzas hasta que cedió, y luego la atrapó el viento y voló hacia dentro, casi derribándome…

El viento…

Dios mío.

Y la lluvia, y el ruido. Mucho más fuerte de lo que podría haber imaginado. Algo voló por el aire más allá del edificio. ¿Una silla de jardín? ¿Parte de una casa?

Pero allí, acurrucado contra la pared y completamente derrotado, había un pájaro. Empapado, y lo más lamentable que había visto en mi vida. Ni siquiera estaba seguro de que todavía estuviera vivo, pero salí, tratando de mantener la masa de mi cuerpo lo más baja posible, casi volando del rellano. Agarré al pájaro cuando el viento trató de llevarme, y casi pierdo el equilibrio… hasta que un brazo me agarró.

Tully, sosteniendo la puerta con una mano, sosteniéndome a mí con la otra, una mirada salvaje de miedo e ira en su rostro. Me empujó adentro, la puerta se cerró de golpe detrás de mí. Creo que la había pateado.

Todo el edificio tembló.

—¿Estás jodidamente loco? —me gritó.

La maceta fue derribada, el bate de béisbol al otro lado del vestíbulo. El rostro de Tully estaba pálido, sus ojos salvajes.

—¿Estás tratando de hacer que nos maten a todos? Abrir la maldita puerta podría haber volado las ventanas o el maldito techo. ¿Qué estabas pensando? —Se golpeó un lado de la cabeza.

Negué con la cabeza, su enfado conmigo era inesperado, y mi adrenalina estaba empezando a desplomarse. Traté de hablar, pero no pude encontrar las palabras, así que levanté el pájaro en su lugar. Era del tamaño de una urraca o una paloma, pero era difícil saber qué era porque estaba muy húmedo y despeinado. Empapado hasta sus huesos frágiles y ligeros.

Estaba flácido, pero temblaba.

O tal vez ese era yo.

Estaba empapado, me di cuenta, goteando agua, y estaba temblando. Sostuve el pájaro contra mi pecho y Tully me agarró del brazo, sin demasiada delicadeza, y me llevó de regreso a la sala de control.

Casi me empujó al suelo donde habíamos estado sentados antes. La mirada de Doreen podría haber cortado el cristal, ya que todavía estaba acunando a Suri y Bruce.

—No muy brillante, ¿verdad?

—Lo siento —dije.

Tully había vuelto con una toalla y me la pasó por la cara y el pelo. Era rudo y frenético, Dios mío, estaba tan enfadado conmigo, y me palmeó los hombros y los brazos, pero sus manos temblaban y su mandíbula estaba tan apretada que me pregunté si se rompería los dientes.

Entonces sus ojos se encontraron con los míos y se hundió, cayendo sobre su trasero, olvidando la toalla. Tomó algunas respiraciones profundas y negó con la cabeza hacia mí.

—Eso fue… eso no estuvo bien. Cristo, Jeremiah.

Doreen parecía como si quisiera matarme, pero la decepción en los ojos de Tully me golpeó con fuerza.

—Lo lamento. Lo siento —dije. Seguía diciéndolo, una y otra vez.

Tomé la toalla y envolví al pájaro, metiendo sus alas y cubriendo su cabeza para mantenerlo a salvo. Tully me observó un rato, aunque todavía no podía mirarlo a los ojos. Se deslizó hacia atrás para sentarse a mi lado.

—Todavía estoy enfadado contigo —dijo.

—Lo siento —dije—. No pensé.

Me miró con la expresión *"no jodas"* escrita en toda su cara.

—Por un pájaro. Probablemente va a morir de la conmoción.

Sostuve las toallas de manera más protectora.

—No, no lo hará.

Tully puso los ojos en blanco, tomó las toallas y, sosteniéndolo contra su pecho, se deslizó bajo mi brazo. Sostuvo mi brazo sobre su hombro, mirando mi reloj. Parpadeaba, aunque los pitidos no eran lo suficientemente fuertes como para oírlos por encima del viento.

Sabía lo que significaba.

Mi ritmo cardíaco era alto, y entonces supo lo asustado que estaba.

Sus ojos se clavaron en los míos y sostuvo mi brazo con más fuerza.

—Todavía estoy enfadado contigo —dijo antes de acurrucarse contra mí y poner su cabeza en el hueco de mi cuello.

Y luego las luces se apagaron y el tablero se oscureció.

Suri soltó un grito y Doreen la calmó.

—Está bien, el generador se activará.

Esperamos y esperamos...

Nada.

El generador había sido desconectado, o tal vez ya no estaba allí.

Busqué mi teléfono y pulsé el botón de la linterna. Iluminó lo suficiente la pequeña y oscura habitación para que Suri respirara un poco mejor.

Y nos quedamos así por lo que pareció una era, hasta que el tiempo ya no significó nada, hasta que los vientos se calmaron. Solo me di cuenta realmente porque podía escuchar sobre el rugido del viento otra vez. Besé la parte superior de la cabeza de Tully y lo levanté de mí para poder ponerme de pie.

Empecé a accionar interruptores, intentando que todo funcionara. La única pantalla operativa era el viejo radar Doppler.

Mostró a Hazer directamente encima de nosotros, girando y sin disminuir la velocidad.

Pero en el lapso de unos cinco minutos, el viento exterior se había detenido por completo. Como si alguien hubiera apagado el ciclón, pero en la pantalla todavía estaba allí.

Y eso solo podía significar una cosa.

Estábamos en el ojo del ciclón.

CAPÍTULO NUEVE

TULLY

JEREMIAH OVERTON ERA UN GENIO. *SÚPER* INTELIGENTE, SE graduó antes de tiempo, obtuvo su doctorado mucho antes que cualquiera de sus compañeros. Un hombre innegable e increíblemente inteligente.

También era jodidamente estúpido.

Estúpido por abrir la puerta.

Estúpido por salir.

Estúpido, estúpido, estúpido.

Si hubiera sido por un humano, podría entenderlo.

¿Pero un pájaro?

Un pájaro ya medio muerto, además.

Cómo el edificio en el que estábamos todavía tenía techo, no lo sabía.

No quería cuestionarlo ni maldecirlo.

Mi corazón no dejó de martillar por más tiempo del que probablemente era bueno para mí, y por mucho que quisiera retorcerle el cuello, quería abrazarlo aún más. Su reloj también me indicó cómo latía su corazón y, a pesar de su calma exterior, sabía que estaba tan asustado como yo. Quería abrazarlo y asegurarme de que estuviera bien, asegurarme de que todavía estaba de una pieza.

También quería darle una paliza por asustarme así.

Y entonces las luces se apagaron. Se levantó y fue al tablero de control, accionó algunos interruptores y comprobó el carrete de datos. Todas las pantallas estaban ahora en negro, excepto una, y podía adivinar que las antenas o el satélite que había estado en el techo ahora estaban unos cuantos suburbios más allá.

Me llevó un segundo darme cuenta de que el ruido se estaba apagando, como si hubiera estado junto a una maquinaria pesada o un motor a reacción, y aunque el ruido había desaparecido, todavía me zumbaban los oídos.

—Está siguiendo hacia el este demasiado rápido —dijo Jeremiah—. Una vez que tocó tierra, rebotó hacia el este. —Volvió a mirar a Doreen como si eso no fuera una buena noticia.

Ella se levantó y básicamente me entregó a Suri.

Pobre Suri.

Parecía enferma, estresada y asustada.

—¿Estás bien? —le pregunte.

Ella asintió rápidamente.

—No estaba preparada… Yo pensé que lo estaba…

Froté su brazo.

—Lo hiciste bien.

Acunó a Bruce y se secó una lágrima de la mejilla.

—Esto tiene que ser el ojo, ¿verdad? —pregunté. Jeremiah asintió y froté el brazo de Suri de nuevo—.

Estamos a mitad de camino. Sólo falta otra mitad y todo habrá terminado.

Todavía sostenía la toalla con el pájaro dentro, que probablemente ya estaba muerto; No estaba dispuesto a comprobarlo, así que me levanté y encontré una caja en el estante. Saqué el contenido y puse suavemente la toalla en él y cerré la tapa. Lo dejé junto a Suri y ella asintió.

—Saldré a ver si puedo arreglar el generador. Tal vez se desconectó de la red eléctrica —dije.

Jeremiah estaba revisando su teléfono.

—Sin servicio móvil. Las torres deben haber caído.

Mierda.

Sin electricidad, sin servicio telefónico.

—¿Puedes probar el correo electrónico? —preguntó Doreen.

Jeremiah rápidamente hojeó la pantalla de su teléfono y luego levantó la vista.

—No se puede enviar.

Jesús.

Sin internet significaba un gran daño a la infraestructura.

Como si Darwin ya no estuviera lo suficientemente aislado, acabábamos de perder toda comunicación con el mundo exterior.

Fui a la puerta, casi dudando en abrirla, pero el silencio del otro lado me dio falsas esperanzas.

Esperaba que el viento arrancara la puerta y la agarré con fuerza… solo para descubrir que el mundo exterior estaba tranquilo y silencioso. Demonios, incluso había un atisbo de cielo azul.

—¿Qué demonios? —dije.

No parecía posible. Como si hubiera abierto la puerta y hubiera entrado en el plató equivocado.

Si no fuera por el estado del aparcamiento, el agua, el lodo, los escombros, las ramas, parte del techo de alguien, pensaría que tal vez nos imaginamos todo el asunto aterrador.

Miré por el balcón, sorprendido de ver el Jeep todavía allí. El dosel estaba roto y colgaba de dos clips, había una rama en él y parecía que lo habían sacado de un pantano, pero todavía estaba allí.

Bajé los escalones, pasé el Jeep y di la vuelta hasta la parte trasera del edificio. Había más escombros en la parte trasera del patio, más hierro de techos, una lona, las piezas de plástico de una casa de juegos para niños, del tipo que tenían los hijos de Zoe…

Y la pequeña losa de concreto contra la pared trasera junto a la escalera todavía estaba allí, donde solía estar el generador.

El generador se había ido.

Un perno de metal oxidado sobresalía del hormigón, doblado y desnudo.

Jesús.

Subí algunos peldaños de la escalera, que estaba más desvencijada que ayer. Me levanté lo suficientemente alto para ver el techo y no necesitaba ver más. Todos los receptores y antenas, desaparecidos. El satélite estaba torcido de costado, el soporte que una vez lo sujetaba ahora estaba doblado con tornillos hacia arriba.

Pero por algún milagro, el hierro del techo parecía seguro. Nada levantado o doblado, nada que pudiera convertirse en un lastre una vez que llegara la segunda mitad de la tormenta.

Salté hacia abajo, chapoteando en el barro mientras caminaba penosamente por el otro lado del edificio. Todas las tablas de las ventanas que había colocado parecían aguantar, y cuando llegué al frente del edificio, noté a alguien al otro lado de la calle de pie frente a su casa. Un anciano que parecía un poco perdido.

Caminé hacia él, hablando a través de la valla.

—¿Estás bien? ¿Cómo estás?

Él asintió tembloroso y señaló alrededor.

—La casa está bien, creo. ¿Todo ha terminado?

—No. Esto es solo el ojo. Todavía nos queda aguantar la segunda mitad. Deberías volver dentro.

Hizo una mueca.

—Será mejor que vaya a ver a Jean y Michael —dijo yendo hacia la casa de al lado.

—No te quedes fuera mucho tiempo —le dije, pero él no dijo nada, solo siguió caminando.

Caminé por el barro, subí las escaleras y entré. La linterna del teléfono de Jeremiah era la única fuente de luz y mis ojos tardaron un segundo en adaptarse.

—El generador no está —dije.

Los ojos de Doreen brillaron en la oscuridad mientras se enderezaba.

—¿Qué quieres decir con que no está?

—Quiero decir que ya no está allí. Solo un perno doblado y oxidado sobresaliendo donde solía estar.

Ella gruñó.

—Mierda.

—Y el techo —dije—. Las antenas y repetidores

están todos destrozados. El satélite todavía está allí, pero se volcó y está colgando de uno o dos tornillos.

Tanto Jeremiah como Doreen se volvieron hacia el único radar que funcionaba.

—Este viejo aparato todavía funciona —dijo Jeremiah—. Eso significa que todavía hay una torre de radio operativa.

—Repite desde el Servicio de Radio Costero —dijo Doreen—. Pero está al este de aquí. —La mirada de Jeremiah se cruzó con la de ella, como si fueran malas noticias, y ella asintió—. No lo tendremos por mucho tiempo.

—Voy a tratar de arreglar el satélite —dije yendo al estante donde había puesto el taladro... el taladro que necesitaba electricidad.

Mierda.

—¿Hay un destornillador en alguna parte? —pregunté.

Doreen dejó caer la cabeza hacia atrás con un gemido.

—No importa en este punto. Se acabó. —Hizo un gesto hacia las pantallas negras—. No tenemos nada y no podemos comunicarnos con nadie. —Dejó escapar un suspiro profundo y resignado—. Esto sucedió después de Tracy. Perdimos todas las comunicaciones. Toda la ciudad quedó aislada.

Quería decir que eran otros tiempos, que la tecnología era diferente... pero esta oficina era tan jodidamente vieja.

—Necesitamos que la gente esté informada —dijo

Jeremiah negando con la cabeza—. Es imperativo que la gente sepa lo que ocurre.

Casi tenía miedo de preguntar.

—¿Saber qué?

—Hazer. Está siguiendo hacia el este a lo largo de la costa, mucho más rápido de lo que anticipamos. Está rebotando y no se está desacelerando.

—Está bien —dije sin entender realmente su urgencia—. Sabíamos que era una posibilidad. Esa gente a lo largo del este…

Se pasó la mano por el pelo.

—Significa que el tiempo en el ojo es significativamente más corto. Estimamos una ventana de noventa minutos en el ojo, pero eso ahora no va a suceder.

—¿Cuánto tiempo tenemos?

Sus ojos cortaron los míos.

—Veinte minutos, tal vez.

Mierda.

Suri, todavía sentada en el suelo con Bruce, levantó las rodillas.

—Doreen —dije con calma—. ¿por qué no la llevas fuera a tomar aire fresco? Estoy seguro de que Bruce necesita orinar. Y el anciano al otro lado de la calle iba a la puerta de al lado a ver cómo estaban sus vecinos. Le dije que no tardara mucho, pero no sé si me escuchó.

Doreen captó la indirecta y llevó a Suri fuera, dejándome con Jeremiah.

—Tendré que conducir hasta la comisaría —dijo—. Tal vez pueda informarlos. Oh, Dios, ¿el Jeep todavía está aquí?

—No vas a conducir a la ciudad —le dije—. Tú

mismo dijiste que tenemos veinte minutos. —No era tiempo suficiente para ir y volver, y solo Dios sabía en qué condiciones estarían las carreteras, si había líneas eléctricas caídas o si se podría circular.

Se tiró del pelo y miró fijamente la consola.

—Piensa, piensa, piensa.

—¿Qué pasa con la batería del Jeep? —sugerí—. ¿Podríamos conectar eso a esta consola de alguna manera?

Estaba mirando el único radar que aún funcionaba. Era lógico que el único instrumento que aún funcionaba fuera tan antiguo como el tiempo mismo. Concedido, nada aquí era muy nuevo. Pero este radar era *viejo*.

—Cristo. El Arca de Noé tenía tecnología más nueva. —Suspiré—. ¿Y la gente todavía puede ver este radar? ¿Esta única imagen es lo único que se comunica desde esta oficina? —Lo miré más de cerca—. Quiero decir, saben que somos nosotros porque dice Darwin en la esquina.

Jeremiah, que seguía mirando la pantalla, empezó a sonreír y me agarró del brazo.

—Tully, eres un genio.

Bueno, no lo era para nada, porque no tenía ni idea de lo que él estaba hablando. Pero estaba buscando frenéticamente algo en los estantes.

—¿Puedes encender una luz aquí, por favor? —preguntó.

—Eh, claro. —Levanté mi teléfono para él.

Agarró el manual de usuario que había leído, tratando de aprender cómo funcionaba todo el equipo antiguo, y comenzó a hojear las páginas.

—Aquí —dijo, alisando el folleto—. Luz, por favor.

Encendí mi luz para él y comenzó a leer, arrastrando el dedo por cada página más rápido de lo que yo podía seguir.

—Hay una llave —dijo—. Una llave maestra. —Volvió a mirar hacia la puerta—. ¿Doreen? ¡Te necesito! Hay una llave maestra para esta consola para cambiar la configuración. ¿Dónde está?

Ella volvió a entrar, luciendo confundida.

—¿Una llave?

Se volvió hacia mí.

—Ese viejo teclado que estaba aquí, por favor dime que no lo tiraste.

—No, lo guardé —murmuré, yendo al estante donde lo había puesto. Para ser honesto, casi lo tiré, era prehistórico y obsoleto, o eso pensaba, pero por alguna razón desconocida, no lo hice.

Después de una búsqueda rápida, levanté el teclado. Era de ese color beige que solían ser las computadoras viejas, pesado como un ladrillo, y las teclas eran enormes y toscas. El cable conectado tenía un conector de teléfono antiguo en el extremo, por el amor de Dios.

—¿Esta cosa?

Jeremiah sonrió.

—Sí.

Doreen ahora estaba revisando la vieja caja de seguridad, rebuscando entre llaves viejas y todo eso. Levantó una llave que no parecía una llave en absoluto. La parte metálica de la llave era pequeña y circular, pero Jeremiah sonrió cuando la vio.

—¡Sí, esa es! —La agarró y se tiró al suelo—. Necesito una luz, por favor.

Encendí la luz debajo del tablero y empujó la llave y la giró, luego, con una fuerza que no sabía que tenía, arrancó la sección inferior del panel.

—¿Qué demonios estás haciendo? —preguntó Doreen.

—La única forma de cambiar el texto de identificación oficial del sitio en la esquina superior derecha de la pantalla —dijo—, es hacerlo manualmente con un teclado. Habrían escrito esta información cuando lo instalaron.

Conectó el teclado y se arrodilló para comprobar la pantalla del radar. Y he aquí…

Un cursor comenzó a parpadear en la pantalla.

Doreen le dio una fuerte sacudida.

—Jeremiah, inteligente hijo de puta.

Retrocedió borrando las cuatro líneas de información de autenticación donde se indicaban los detalles de la Oficina de Darwin, y comenzó a escribir.

Oficina de Darwin sin comunicaciones.

Hazer dirigiéndose rápido al este.

Ojo menos de veinte minutos.

Buscad refugio ahora.

Y luego nos quedamos allí, observando y esperando. El único sonido en la habitación era nuestra respiración.

No teníamos forma de saber si el mensaje fue recibido. No había forma de saber si alguien en Darwin podría ver el mensaje de todos modos. No era probable, dado que todo y todos tenían tanta tecnología en estos días, y esto era tan antiguo.

—¿Cómo lo sabrán? —pregunté.

—Otras oficinas verán esto —dijo Jeremiah—. Creo. Y deberían darse cuenta de lo que estamos tratando de hacer. Sin comunicaciones significa que no podemos ejecutar alertas; hemos perdido toda la señal. La oficina internacional verá esto con seguridad. Estarán mirando, ya habrán adivinado que estamos incomunicados. Melbourne también, porque Brian estará esperando a ver si fallo. Emitirán la advertencia de emergencia por nosotros. —Tragó saliva y asintió—. Espero.

Y nos quedamos allí. Esperando. Mirando.

Luego, después de otro latido de silencio, en la distancia, un sonido familiar y muy bienvenido.

La sirena de advertencia de ciclones.

Doreen se lanzó hacia él, atrayéndolo para darle un abrazo aplastante. Jesús, pensé que ella lo iba a romper.

—Lo entendieron, Doc. ¡Lo conseguiste!

Cuando ella lo soltó, él se pasó la mano por el cabello antes de apoyar las manos en las rodillas para recuperar el aliento.

—Oh, vaya. Qué prisa.

Pasé mi mano por su brazo, a lo largo de su hombro, y le di un apretón en el cuello.

—Lo hiciste bien —le dije. Mi corazón latía con fuerza, la adrenalina bombeaba. Doreen volvió a salir para buscar a Suri y acerqué a Jeremiah para abrazarlo —. Lo hiciste muy bien.

—Fue tu idea —murmuró.

—Te puedo asegurar que no lo fue. —Le di un beso rápido—. Vamos, te vendría bien un poco de aire. Mientras podamos.

Lo saqué por las puertas delanteras y entrecerró los ojos ante la luz del sol, y cuando miró a su alrededor, me di cuenta de que encontraba la tranquilidad tan extraña como yo. Estaba más nublado ahora, oscureciendo de nuevo, pero no llovía, no había viento.

Sin ciclón.

—¿Ese anciano volvió a salir? —pregunté.

Suri negó con la cabeza.

—Iré a ver cómo está —dijo Doreen—. Es el viejo Arty. Me conoce.

Doreen cruzó por el aparcamiento, resbalando un poco en el barro, y le di un masaje en el brazo a Suri. Estaba abrazando a Bruce muy fuerte, aunque tenía los pies embarrados, así que supuse que al menos había orinado.

—¿Cómo te sientes, Suri?

Ella nos dio una sonrisa débil.

—Mejor. Lamento haberme asustado antes.

—No hay necesidad de disculparse —le dije—. Yo también me asusté.

Entonces recordé…

Me volví hacia Jeremiah.

—Tenemos que hablar sobre el rescate del pájaro. Fuiste corriendo hacia el *ciclón* —dije como si esa palabra no significara nada—. Casi haciendo que muriéramos todos. Si el viento hubiera entrado por estas puertas, podría haber arrancado el techo y habernos matado a todos. Lo sabes, ¿verdad? Y sí, la escritura del mensaje fue genial y obtienes todas las estrellas doradas por eso, pero todavía estoy enfadado por el pájaro.

Abrió la boca, luego la volvió a cerrar.

—No lo pensé. Lo lamento.

—Me asustaste como la mierda.

Sus ojos buscaron los míos, llenos de sinceridad.

—Lo lamento. Yo solo… Sentí como si mi cerebro se desprendiera. No puedo explicarlo. Como si no fuera real. Lo lamento.

Agarré su camisa y lo acerqué lo suficiente como para poder poner mi frente en su hombro.

—No hagas más cosas que casi te matan, ¿de acuerdo? Tienes que empezar a pensar en mí ahora, ¿me oyes?

Doreen salió de la casa de Jean y Michael y señaló la casa de Arty.

—Solo voy a coger a su gato.

Ah, cielos.

Me di cuenta entonces, más abajo en la calle, dos niñas estaban en el camino. Debían de tener cinco y tres años. Desafortunadamente para ellas, Jeremiah las vio al mismo tiempo.

—Vosotras dos —gritó señalándolas y caminando hacia la entrada—. Id a casa. Id a casa ahora mismo. ¿Dónde están los adultos? Necesitáis estar dentro. La gran tormenta no ha terminado.

¿Escucharon? No. ¿Volvieron dentro? No. Corrieron hacia nosotros. Todas sonrientes y muy emocionadas, así que no pensé que algo anduviera mal de inmediato.

—Mucho viento —dijo la más joven con entusiasmo, levantando los brazos. Llevaban camiseta y pañal, tenían pelo de recién levantadas y claramente habían tenido un día emocionante—. Ruido fuerte. Me tapé los oídos.

Estaban en el portón de la entrada ahora. Jeremiah estaba de pie con las manos en las caderas.

—Debéis ir a casa. ¿Cuál es vuestra casa?

Doreen salió de la casa de Arty con una jaula para gatos.

—Viven tres puertas más abajo —dijo—. Vamos, niñas, venid conmigo. No podéis estar aquí. ¿Dónde está vuestro padre? ¿Está bien?

—Estaba arreglando el techo —dijo la niña mayor—. Estaba asegurándolo.

Maldita sea.

Jeremiah comenzó a caminar hacia nosotros. Se llevó la mano a la frente.

—¿Qué no entiende la gente acerca de los ciclones? ¿No pueden oír las sirenas?

Suspiré. Las habilidades sociales realmente no eran su punto fuerte.

—Parece que su padre solo está tratando de salvar el techo, para salvar su casa, lo más probable. Los niños serán niños, Jeremiah. Saldrán a ver a la gente.

Doreen volvió a cruzar la calle, sin gato, ni niñas.

—¿Están bien? —grité.

—Sí, sí. —Ella agitó su mano como lo hacía todos los días—. Él pensó que sería mejor permanecer juntos. Arty tiene ochenta y siete, y Jean y Michael tienen más de setenta. Para empezar, Arty no debería haber estado solo.

Mientras Doreen se acercaba, una camioneta blanca se acercó y se detuvo en el camino de entrada. No cualquier furgoneta blanca.

Canal 4 Noticias.

Jeremiah gruñó a mi lado. En realidad, jodidamente gruñó. Antes de que pudiera pedirle que lo hiciera de nuevo, bajó las escaleras.

Oh, no.

—Tenéis que estar bromeando. ¿Qué diablos creéis que estáis haciendo? —les gritó antes de que la mujer pudiera salir de la camioneta—. Si no escuchasteis la última actualización, echad un vistazo al cielo. —Hizo un gesto hacia el cielo muy oscuro que venía hacia nosotros—. Tenéis diez minutos para volver a la boca del infierno de la que salisteis.

Doreen resopló y yo suspiré.

Iba a estar en las noticias otra vez por todas las razones equivocadas. Bajé tras él en un intento inútil de calmarlo.

—No deberíais estar aquí —les dije a los ocupantes de la camioneta, pero tomando el brazo de Jeremiah—. Vamos, tenemos trabajo que hacer.

La mujer vio mi intento de distraerlo como su momento para atacar. Ella salió de detrás de la puerta del pasajero.

—Doctor Overton, su mensaje en el mapa de radar, ¿puede explicar…?

Él le lanzó una mirada dura.

—Entonces, ¿sabéis sobre la advertencia, pero todavía estáis aquí? admitís ser plenamente consciente del riesgo, sabíais que solo teníais veinte minutos cuando salisteis de la sala de redacción, podéis escuchar las sirenas mientras hablamos y, sin embargo, *todavía estáis aquí.* —Miró al cielo, al viento que ahora se levantaba, a las nubes oscuras que venían del oeste ahora—.

Ya no tenéis veinte minutos. Ni siquiera tenéis cinco. Necesitáis iros. Ahora.

Entonces me di cuenta de que Jeremiah se humedeció los labios, haciendo esa cosa del gusto que hacía. Y se giró para mirarme con miedo en los ojos.

Pero luego se oyó el sonido de la risa.

Risa de niños.

Las dos niñas estaban de vuelta, cerca del portón otra vez, pero se detuvieron, riéndose y señalándose el cabello. Estaba sobresaliendo mientras flotaba, lleno de estática…

Oh, no.

—¡Entrad! —gritó Jeremiah, mientras salía corriendo directamente hacia las niñas.

Doreen bajó los escalones y me arrastró a mí, a la reportera y al camarógrafo por los escalones y bajo cubierto. Suri entró con Bruce y supe que debería haber ido con ella.

Pero no podía dejar a Jeremiah.

No podía quitarle los ojos de encima.

Corrió por el barro y se deslizó hasta detenerse cerca de las niñas. Tuvo que poner la mano en el suelo para evitar caerse. Luego, todo en un solo movimiento, las recogió, una con cada brazo, y comenzó a correr hacia nosotros.

No me atreví a respirar.

No podía.

Subió los escalones hacia mí, las niñas estaban llorando, y por dios, el miedo en los ojos de Jeremiah… Entonces, en el siguiente segundo, todo el cielo se volvió blanco y silencioso antes de que un trueno resonara tan fuerte que nos sacudió a todos, y un enorme rayo golpeó el portón de metal.

Fue cegador, ruidoso y demasiado jodidamente cerca. Toda la cerca de metal chisporroteó con un fuerte estallido y el humo salió en todas direcciones.

Jeremiah todavía sostenía a las niñas, de espaldas a la cerca, protegiéndolas lo mejor que podía. Tenía el cuello de la camisa de Jeremiah en mi puño, sin siquiera darme cuenta de que lo había agarrado. No sabía si iba a darle un puñetazo o a besarlo. Mi cerebro no se había decidido.

—Jesús, maldito Cristo.

Las niñas estaban llorando, pero Jeremiah no las dejaba ir.

Creo que estaba un poco paralizado por el miedo, así que deslicé mi mano por su cuello, hasta su cabeza, buscando heridas.

—¿Estás bien?

Parpadeó de vuelta a la realidad y asintió.

—Eh, sí… sí. Creo que sí.

—Oye —gritó un hombre, corriendo calle arriba—. ¿Chicas? ¿Chicas?

Oh, genial.

Salió al aparcamiento, subió los escalones, descalzo, embarrado y pálido como el infierno. Le arrebató a Jeremiah a sus hijas, abrazándolas con fuerza.

—Lo vi. Lo vi. —Él asintió, las lágrimas corrían ahora por su rostro. Ellas se aferraron a él, sus bracitos alrededor de su cuello, y miró a Jeremiah—. Tú las salvaste.

Y luego, como si todo esto fuera simplemente el bis,

el viento y la lluvia comenzaron para el espectáculo principal.

No hubo alivio en eso.

Nos golpeó, y nos golpeó fuerte.

—Adentro —gritó Doreen—. ¡Ahora!

El padre y las dos niñas, y la mujer de las noticias y el camarógrafo, todos desfilaron adentro. Y por un segundo, en el último momento que quedaba de luz del día, miré a Jeremiah.

Tenía las manos cubiertas de barro, al igual que los zapatos y la rodilla por donde se había resbalado. Estaba pálido, sus ojos azules intensos llenos de lágrimas no derramadas. Con mi mano en su mandíbula, lo atraje para darle un rápido y fuerte beso para hacerle saber que estaba bien.

Luego entramos.

La habitación era lo suficientemente pequeña, más pequeña ahora que estaba llena de tanta gente. Había dos teléfonos en el suelo, iluminando la habitación. Doreen se sentó con Suri donde se habían sentado antes. El papá y sus dos hijas se sentaron junto a ellas, donde nos habíamos sentado antes. El equipo de noticias estaba sentado de espaldas a la pared opuesta.

Nadie estaba hablando.

Tiré de Jeremiah para que se sentara en su silla.

—Traeré algo para lavarte las manos —dije, metiéndome en el baño. Mojé montones de toallas de mano y volví a salir. Se quitó el reloj que sonaba y lo tiró al suelo, luego se levantó la camisa y se quitó la correa del pecho (había olvidado que la llevaba) y se unió a su reloj en el suelo.

Tomé sus manos y comencé a limpiarlas suavemente.

Me dejó hacerlo sin quejarse y le temblaban las manos, así que supe que estaba nervioso.

—¿Estás bien? —murmuré. El viento era fuerte fuera, pero sabía que me escuchaba.

Sus ojos se encontraron con los míos, e incluso en la oscuridad pude ver lo preocupado que estaba.

—Pude saborearlo.

—Lo sé. Lo vi. —Cogí una botella de agua, le quité la tapa y se la di—. Toma, bebe un poco.

Bebió un sorbo y le limpié una mancha de barro de la sien antes de tirar todas las toallas de papel sucias a la papelera.

Jeremiah miró hacia donde el padre todavía estaba abrazando a sus dos hijas. No estaban llorando ahora, pero todavía estaban aferradas a su padre.

—No fue mi intención asustarlas —dijo Jeremiah.

El padre nos estaba mirando, muy obviamente viéndome atender a Jeremiah, las palabras suaves y los toques gentiles. No estaba seguro de si no le gustaba ver a dos hombres juntos o si simplemente estaba en impactado en general.

—Está bien —dijo—. Tú las salvaste. Gracias. No puedo agradecértelo lo suficiente. Apuesto a que tú mismo también te asustaste.

Jeremiah asintió.

—Puedes decirlo.

Le di un apretón en el hombro.

—Tiene la costumbre de meterse en situaciones peligrosas sin tener en cuenta su propia seguridad.

Me miró y le di una sonrisa para hacerle saber que no estaba enfadado.

—Salvar a la gente está bien, ¿recuerdas?

Eso me recordó… el pájaro.

Pasé por encima de las piernas de Doreen para acercarme a donde estaba sentado el padre y recogí la caja con el pájaro dentro. Pero luego también vi los bocadillos y la comida que había traído. Le di la caja a Jeremiah, luego le entregué algunas botellas de agua al padre y una bolsa de patatas fritas para sus hijas.

—¿Tenéis hambre?

Les di un poco de agua a Doreen y Suri, y tomando otra botella, consideré *no* dársela a la pareja de noticias, pero les di una a regañadientes. Bien podrían compartirla.

—Gracias —dijo el camarógrafo.

—Sí, gracias —repitió la periodista.

No respondí. Solo les di una mirada de desdén y volví con Jeremiah. Ahora estaba sentado en el suelo, así que me senté a su lado.

—Mi nombre es Jeff —se presentó el padre—. Y ellas son Casey y Presley. —Ambas chicas todavía estaban recostadas sobre Jeff, pero estaban comiendo patatas fritas, así que estaban bien.

—Doreen, y ella es Suri —dijo Doreen—. Y nuestro bebé, Bruce.

—Conduce la moto con gafas —dijo Casey, la niña mayor.

—Así es —dijo Doreen—. La conduzco.

Un trueno y el estruendo inmediato de un relámpago sacudieron el edificio, y ambas niñas gritaron.

El viento había vuelto a rugir, la lluvia golpeaba con un constante retumbar de truenos. O tal vez todo el cielo estaba rugiendo. Ya no podía distinguirlo.

—Soy Jeremiah —dijo Jeremiah. Casi tuvo que gritar por el ruido de fuera.

—Tully —dije mirando a Jeff. Estaba fingiendo que el par de las noticias ni siquiera estaban allí.

Dijeron sus nombres, Shane y Lindy o Lindsey o cómo diablos se llamara. No me importaba. Todavía no los reconocí.

—Disculpa, Jeremiah —dijo Jeff—. Sabías que caería un rayo.

—Sí —respondió.

—El pelo de las chicas —añadí rápidamente. No le estaba dando a Lindsey de labios sueltos un detalle más de la vida de Jeremiah para que ella hiciera una historia —. Su cabello estaba levantado por la estática. Es indicativo de un rayo inminente.

Jeff instintivamente acarició el cabello de ambas chicas.

—Estaba tratando de arreglar mi techo. Parte del hierro se había levantado. Les dije que se quedaran dentro. —Negó con la cabeza—. Las habría alcanzado. Cayó justo donde estaban de pie... —Su voz se puso temblorosa—. Gracias.

Todo el mundo se quedó en silencio durante un rato mientras la tormenta rugía. El sonido de eso, Dios mío. Era ensordecedor. No tenía sentido hablar ahora.

Jeremiah abrió la caja y sacó con cuidado el paquete con la toalla. Casi no quería que él lo abriera. Si el pájaro estaba muerto, dejar que las jóvenes lo vieran no sería bueno.

Retiró la toalla y el pájaro se quedó acostado allí. Ya no estaba empapado, pero parecía sin vida. Jeremiah acarició las plumas de su cuello y su pico se abrió. Querido Dios, todavía estaba vivo.

Le sonreí a Jeremiah, y él me sonrió antes de comenzar a frotar suavemente el pájaro con la toalla. Pero antes de que se estresara más, lo volvió a envolver y lo volvió a meter en la caja.

Entonces todos nos sentamos allí en silencio, cada uno acurrucado en nuestra persona, mientras el ciclón nos azotaba. Un rugido constante, golpes incesantes, aullidos, los sonidos del metal y el acero tensándose.

Esperaba que el techo se rompiera en cualquier segundo. O las paredes se cayeran, o algo nos golpeara. Cada célula de mi cuerpo estaba atada por el miedo, preparada, bloqueada en modo de lucha o huida; la adrenalina era agotadora.

Jeremiah y yo teníamos los brazos alrededor del otro, agarrándonos con fuerza. Las chicas lloraban, gritaban con cada fuerte estruendo. Doreen acunó la cabeza de Suri contra su pecho e incluso Lindsey se tapó los oídos.

Luego, después de un tiempo, el radar, la última luz que quedaba en el tablero, se apagó y volvió a encenderse. Nuestra última esperanza en la comunicación.

Podía sentir a Jeremiah contener la respiración mientras esperaba lo inevitable.

Su cabeza fue a parar a mi hombro, yo apoyé mi cabeza contra la suya y nadie habló.

Solo ojos asustados y estremecimientos cada vez que algo golpeaba, o resonaba un trueno, o estallaba un relámpago.

Luego, el radar parpadeó de nuevo, se apagó y se encendió, luego se apagó de nuevo, solo que esta vez no volvió a encenderse.

—La torre de radio ha caído —dijo Jeremiah.

Cristo.

El tiempo se ralentizó a paso de tortuga.

Cada minuto se sentía infernalmente largo.

El final de la cola del ciclón fue mucho peor. Jeremiah había dicho que lo sería, y no estaba equivocado.

El ruido. El estruendo. El sonido del infierno desatado.

Mientras viviera, nunca olvidaría lo fuerte que fue.

Empezó a molestarme en la cabeza. Como si no pudiera oír nada más que el rugido ensordecedor, y luego como si no pudiera oírlo en absoluto.

Como si me hubiera acostumbrado. Suficiente. Como si el absoluto horror exterior no estuviera ocurriendo para nada.

Incluso las chicas habían dejado de llorar hacía algún tiempo y ahora solo miraban fijamente la habitación. Creo que las prefería llorando.

Suri estaba sentada, todavía pegada al costado de Doreen, todavía abrazando a Bruce. Con solo una mirada hueca de derrota.

Se sentía surrealista.

Como si lo peor que podía pasar no estuviera pasando en absoluto.

Me preguntaba cómo estaba mi familia.

Si estarían bien.

¿Resistió el sótano a prueba de ciclones?

¿Estaban heridos?

Mi corazón latía tan fuerte que era doloroso.

—¿Estás bien? —preguntó Jeremiah.

Asentí, obligándome a soltar su camisa. Ni siquiera me había dado cuenta de que lo estaba sosteniendo, pero me dolían las manos de apretarlas. Me dolía todo el cuerpo de estar tan tenso.

Tomó mis manos entre las suyas y frotó donde mis uñas se habían clavado en mi palma.

—Ellos estarán bien —dijo de alguna manera sabiendo a dónde se había ido mi mente.

Tal vez estaba pensando en su padre en Melbourne.

Asentí de nuevo.

—Ojalá lo supiera con seguridad.

Entonces se me ocurrió algo…

Miré a Shane y Lindsey.

—¿Condujisteis hasta aquí desde la sala de redacción?

Lindsey todavía tenía las manos sobre los oídos, pero Shane asintió.

—¿Qué tan grave fue el daño?

Shane negó levemente con la cabeza, como si me dijera que era mejor no preguntar.

—¿Qué tan malo fue el daño? —pregunté de nuevo, gritando esta vez—. ¿La playa? ¿El centro de la ciudad?

Shane miró a Doreen y Suri, luego a Jeff y sus chicas y finalmente a mí.

—Árboles caídos, techos arrancados. Inundación. Ventanas rotas. Algunas casas estaban destrozadas. Otras casas fueron arrasadas.

—¿Dónde? —pregunté.

Tardó demasiado en responder.

—Casas arrasadas, ¿dónde? ¿Qué suburbios?

Jeremiah levantó la mano, como si le estuviera diciendo a Shane que no respondiera. Me atrajo hacia él y mantuvo su brazo alrededor de mí.

—En todas partes —gritó Shane—. Casas afectadas por todas partes. —Hizo un gesto hacia el aire, hacia el ciclón de afuera—. Y esta mitad es peor que la primera.

Sus palabras me golpearon como la tormenta misma.

Me desplomé hacia atrás y el agarre de Jeremiah sobre mí se hizo más fuerte.

Casas afectadas por todas partes.

No debería haber preguntado.

Porque saber era peor.

Era mucho peor.

Y el tiempo se prolongó más lento entonces. El túnel del tiempo surrealista siguió y siguió.

Hasta que los golpes se hicieron cada vez más escasos, el rugido era un mero zumbido en mis oídos, y todo lo que quedaba era el sonido de la lluvia.

—Creo que se acabó —dijo Jeremiah.

Todos se sentaron en silencio, escuchando ahora, en lugar de tratar de no escuchar.

Se puso de pie y me levantó con él.

Dios, me dolía todo el cuerpo.

—Creo que se acabó —dijo de nuevo, yendo hacia la puerta. Puso su mano en el mango y se detuvo, mirándome.

La lluvia se calmó aún más, así que abrió la puerta y salimos. Viendo el mundo exterior por primera vez en lo que parecían años. Viendo la luz del sol tratando de atravesar las nubes de tormenta y las suaves salpicaduras de lluvia.

Y un completo desastre.

CAPÍTULO DIEZ

JEREMIAH

Era difícil procesar lo que estábamos viendo.

La cochera al costado del edificio ahora no tenía techo. El Jeep estaba a unos metros de distancia y ahora miraba hacia nosotros. La furgoneta de noticias estaba de lado contra la valla ahora rota.

A la casa de Arty le faltaban algunas placas del techo y parecía que algunas ventanas estaban rotas.

La casa de Jean y Michael parecía estar bien. Más abajo, había un coche volcado en la calle, escombros por todas partes. Jeff, todavía con sus dos hijas en brazos, se dirigió a su casa, dio unos pasos y se detuvo. Le faltaba la mitad del techo, y no podía ver qué más.

Doreen pasó junto a él y cruzó la calle corriendo hacia la casa de Jean.

Dios mío, esperaba que todos estuvieran bien…

La gente empezó a salir a la calle. Alguien más abajo comenzó a correr hacia la casa de Jeff.

—¿Jeff? —lo llamaron.

—Aquí arriba —gritó. Dejó a Casey en el suelo y saludó.

Se detuvieron y se relajaron de alivio cuando lo vieron. Era una pareja, un hombre y una mujer, y comenzaron a caminar. Jeff nos miró, asintió y, tomando la mano de Casey, caminó hasta el final del patio.

—Oh, Dios mío, estábamos tan preocupados —dijo la mujer—. Vimos tu techo caer. ¿Estuviste aquí?

Jeff seguía mirando su casa. O lo que quedaba de ella.

—Ah, sí —dijo. Volvió a mirarnos y asintió de nuevo —. Sí… las chicas… Suerte que no estábamos en casa por lo que parece.

Regresaron a su casa justo cuando Doreen salía. Estaba ayudando a Arty a caminar. Sostenía la jaula para gatos y se veía bien. Suri fue a su encuentro.

Shane y Lindsey estaban junto a su camioneta; tenían las manos en la cabeza. Seguramente necesitarían una grúa.

Y ahora había salido el sol.

Era difícil de asimilar. Como si el ciclón no hubiera pasado.

Pero lo habíamos logrado.

La oficina estaba inutilizada, sin electricidad, sin antenas, sin satélites, pero se mantuvo fuerte y nos protegió.

Puse mi mano en el pecho de Tully.

—¿Estás bien?

Él asintió inexpresivamente.

—Sí. Pero necesito irme… Necesito ver cómo están mis padres, mi familia.

—Está bien —acepté.

Esperaba… Solo esperaba con todas mis ganas, que todos estuvieran bien.

—Vamos —dije—. El Jeep se ve bien. Coge tus cosas. Iré a decírselo a Doreen.

Intentó tragar.

—Bueno.

Le di un apretón en el brazo antes de bajar los escalones y deslizarme por el patio fangoso.

—Doreen —llamé. Salió a la terraza—. ¿Todos están bien?

Doreen asintió.

—Él está un poco alterado. Jean y Michael están bien. Arty tiene algunos daños por agua en su sala de estar, le faltan una ventana o dos, pero estará bien.

—Bien, eso es bueno. Tully y yo tenemos que irnos. Necesita ver a su familia. Jeff y las chicas han ido a revisar su casa. No se ve muy bien.

Doreen se acercó y me recibió en un horrible abrazo de oso.

—Lo hiciste bien hoy. —Luego me dejó de nuevo en el suelo y me golpeó el hombro—. Cerraré la oficina. La limpieza puede esperar hasta mañana.

Asentí.

—Me parece genial.

Volvió a mirar hacia el jeep donde Tully estaba metiendo sus cosas y cargando la caja con el pájaro dentro, y me hizo un gesto solemne con la cabeza.

—Mantendré mis dedos cruzados.

Dios, yo igual.

No sabía qué más decir.

—Espero que tu casa esté bien.

Volví a cruzar la calle, viendo más gente ahora, y salí al patio.

Shane me recibió en la puerta.

—¿Os vais?

—Sí.

—¿Nos podéis llevar?

Asentí.

—Claro.

Tully no estaría feliz, pero no era momento para mezquindades.

Tully subió, giró la llave y, efectivamente, el fiel y viejo Jeep arrancó.

—Ella no me ha defraudado todavía —dijo palmeando el volante.

Abrí la puerta del pasajero, tomé la caja que contenía al pájaro del asiento delantero y empujé mi asiento hacia delante.

Lindsey subió y Tully puso los ojos en blanco. Sabía que no le agradaban, pero no diría que no. La gente necesitaba ayuda, y él era de los que ayudan. Incluso si había amenazado con golpearlos el día anterior. Shane subió con su cámara. Volví a colocar el asiento en su lugar y me subí.

La capota ya no estaba, el interior del Jeep estaba tan húmedo y embarrado como el suelo, pero funcionaba y eso era todo lo que importaba.

Comenzamos el lento viaje hacia el exterior.

Había árboles en el camino, ramas por todas partes, montones de granizo contra las vallas, escombros de todas las formas y tamaños…

Algunas personas estaban fuera, evaluando los daños, revisando a los vecinos. Algunas casas estaban destrozadas, algunas parecían una zona de construcción, algunas desaparecieron por completo.

—Jesucristo —dijo Tully.

Había coches de costado, algunos habían chocado entre sí como bolos. La gente estaba de pie, mirando conmocionada el desastre, caminando aturdida. La mayoría de ellos estaban llorando.

Las líneas eléctricas estaban caídas, los semáforos no funcionaban, el agua cubría la mayor parte de las carreteras. Los negocios y las tiendas eran un desastre, los letreros y los techos estaban arrancados o desaparecidos por completo. La ciudad entera parecía haber pasado por una lavadora industrial.

No me había dado cuenta de que Shane estaba filmando mientras conducíamos. El Jeep no tenía techo, por lo que tenía una vista sin obstáculos, y ni siquiera me importó. Este metraje debía ser visto. El nivel de destrucción, el daño.

Si tenía alguna forma de hacer llegar estas imágenes al mundo exterior, esta era la forma.

Hablando de eso, encontré mi teléfono y toqué la pantalla. Sin servicio. Sin internet.

Eso no estaba bien.

Y tampoco el agarre de Tully en el volante. Me estiré y tomé su brazo, tirando de él para poder sostener su mano. Me dio una sonrisa tensa, y supe que no solo estaba preocupado por su familia.

Esta era su ciudad.

Esta era su ciudad natal. Su comunidad, su gente, sus amigos.

Y no sabía si olvidó que Shane y Lindsey estaban en el asiento trasero, porque supuse que los dejaría en la estación de noticias, pero se desvió antes de que llegáramos al centro de la ciudad.

Por lo que parecía, íbamos directamente a la casa de sus padres, a través de calles residenciales de enormes casas nuevas cubiertas de más escombros. Tuvo que conducir entre tablones y sillas y techos de hierro, los troncos de los árboles quebrados como cerillas cubrían la mitad del camino. La propiedad que alguna vez fue cara ahora parecía una zona de guerra.

—Mierda —susurró Tully—. Oh, maldito dios.

Más adelante, había personas de pie en la carretera, conmocionadas y angustiadas. La calle contigua era algo sacado de una película de desastres.

Había… desaparecido.

Como si un arado gigante hubiera levantado un bloque de tierra.

No quedaba ni una casa en pie. Solo montones de escombros y materiales de construcción donde alguna vez estuvieron las casas.

Tully retiró la mano, agarró el volante y pisó el acelerador. Condujo demasiado rápido por los escombros, por la gente aturdida. Giró el Jeep en la esquina, tomó una intersección demasiado rápido y pasó de largo por su calle. Solo eché un vistazo, pero la casa de Tully se veía bien cuando pasamos a toda velocidad, el frente todavía estaba en pie, si eso era una indicación, aunque siguió conduciendo y subiendo y sobre la cresta.

Shane ahora estaba arrodillado en el asiento, filmando detrás de nosotros, me di cuenta, a través de la vista elevada de Darwin. La totalidad del daño era indescriptible.

Simplemente no había palabras.

Las enormes casas de esta calle seguían en pie, ilesas, como si los huecos entre los agujeros gigantes las hubieran salvado. Tully subió por la calle y frenó de golpe.

Estaba fuera del Jeep y corriendo hacia el frente de la casa.

—¡Mamá! ¡Papá!

Oh, Dios.

La puerta principal estaba abierta y su padre salió, y Tully corrió a sus brazos como si hubiera golpeado una pared. Entonces su madre también lo estaba abrazando, justo en el patio delantero.

—Oh, gracias a Dios —gritó su madre.

—Ellis —dijo Tully frenéticamente—. ¿Dónde está Ellis? ¿Está aquí? Decidme que está aquí.

Rowan apareció, cargando a uno de sus hijos, y Ellis salió detrás de él.

Tan pronto como Tully lo vio, contuvo el aliento y finalmente exhaló, con las manos en las rodillas, el alivio casi lo derriba.

—Gracias, demonios —gritó Tully, luego recogió a su hermano en un abrazo feroz.

Ellis estaba tan sorprendido como el resto de ellos, y

Tully se echó hacia atrás, tomando la cara de su hermano entre sus manos.

—Tu casa. Toda tu calle, Ellis. —Negó con la cabeza—. Se fue. Pensé que podrías haber estado allí. Estaba tan jodidamente asustado. —Se empujó el estómago con la palma de la mano, como si los nudos que había allí comenzaran a desmoronarse. Todavía respiraba con dificultad.

Ellis negó con la cabeza, con los ojos muy abiertos.

—¿Qué quieres decir con que se ha ido?

Tully lo sujetó por los hombros.

—Quiero decir que no está. —Luego miró a sus padres, a Rowan y luego a Zoe, que estaba de pie en la puerta con un niño pequeño en la cadera—. Hay muchos destrozos. Destrucción. Desde la oficina hasta aquí. —Negó con la cabeza y su voz tembló, con los ojos llorosos—. La destrucción…

Entonces me acerqué a él y lo atraje hacia mí. Sus manos se levantaron lentamente para agarrar mi camisa y sollozó, el alivio de que su familia estuviera a salvo, que Ellis estuviera a salvo, finalmente se desbordó.

Su padre se acercó y le frotó la espalda, luego su madre fue a Ellis. Sus ojos tristes se encontraron con los míos.

—Ambos estáis bien, y todos estamos bien, y eso es todo lo que importa. —Luego tomó el rostro de Ellis entre sus manos—. Las casas se pueden reconstruir. Las cosas pueden ser reemplazadas. La gente no puede.

Él asintió y se secó una lágrima de la mejilla, luego se acercó y literalmente apartó a Tully de mí para abrazarlo. Su madre me tomó del brazo.

—Estábamos tan preocupados por vosotros dos. Subimos cuando pasó el ojo, pero luego las sirenas sonaron tan rápido que volvimos a bajar.

Tully lloró-rio, secándose las lágrimas.

—Bueno, tenemos una historia sobre eso —dijo. Entonces sus ojos se encontraron con los míos. Y si pude leerlo, tal vez sus ojos reconocieron que mi mensaje en la pantalla del radar había salvado a su familia—. Pero la historia puede esperar. —Miró a todos alrededor—. Estamos todos bien. Eso es todo lo que podemos pedir. —Luego miró a Ellis—. Vamos, vamos a echar un vistazo a tu casa antes de que la policía la clausure.

Agarré el brazo de Tully y asentí hacia Shane, que todavía estaba filmando la calle, y a Lindsey, que estaba parada allí como si apenas se mantuvieran unida.

—Deberíamos preguntarles adónde podemos llevarlos.

La madre de Tully notó a Lindsey entonces y fue hacia ella.

—¿Estás bien?

Lindsey se limpió una lágrima de la mejilla y se recompuso, aunque estaba lejos de su apariencia de presentadora de noticias. Ella asintió.

—Oh, estamos bien —dijo—. Bueno, quiero decir, primero el doctor Overton nos salvó de que nos cayera un rayo, luego nos refugiamos en la oficina con ellos y con otra familia a la que salvó de que les cayera un rayo, y nuestra camioneta se volcó, así que condujeron para acercarnos… —Ella contuvo el aliento y comenzó a llorar—. Estoy bien.

Sí. Ella no estaba bien.

La madre de Tully me miró. Todos me miraron.

—Yo no salvé a nadie, de verdad —dije—. Solo evité…

—Sí, lo hizo —interrumpió Shane—. Salvó a esas dos niñas pequeñas, completamente seguro. Lo tengo grabado en la cámara.

—Oh, bien —dijo Tully con amargura—. ¿Vais a trasmitirlo antes o después de la filmación de la muerte de su madre esta vez? ¿Cuál vale más calificaciones?

Oh, chico.

—Tully —lo reprendió su padre.

—No —dijo rotundamente. Miró a Shane y Lindsey—. Nunca me callaré al respecto. Jeremiah puede salvar vuestra vida, la vida de esas niñas, y la de cada persona en toda esta maldita ciudad, como lo hizo hoy, y todavía lo usarías para los índices de audiencia. Recordáis lo que dije sobre comer una bolsa entera de pollas…

Tiré de su brazo, lo arrastré hacia el Jeep y lo empujé para que su espalda quedara contra la puerta. Abrió la boca, otra diatriba a punto de brotar, sin duda, así que lo callé de la única manera que se me ocurrió.

Tomé su rostro entre mis manos y lo besé.

Delante de todos, y todos estaban mirando, pero no me importaba.

Gruñó sorprendido, pero lenta y seguramente la tensión y la ira abandonaron su cuerpo. Cuando estuve seguro de que ya no estaba tan enfadado, puse mi frente en la suya.

—Ha sido un día increíble, Tully. Aún no ha terminado. Tu hermano te necesita.

El rostro de Tully se arrugó un poco, cayeron más lágrimas y asintió, con la frente en mi barbilla. Dejó escapar un suspiro tembloroso y ordenó sus pensamientos.

—Bueno. Gracias.

—De nada.

Tully se frotó la cara, ignoró al equipo de noticias y luego miró a Ellis.

—Vamos. Yo te llevaré.

Todos nos miraban. Acababa de besar a Tully delante de ellos, así que no me sorprendió. Todavía me avergonzaba, sin embargo.

—Estaremos allí en breve —dijo su madre.

Ellis abrió la puerta del pasajero del Jeep.

—Ponte en la parte de atrás —dijo Tully—. Ese es el asiento de Jeremiah. Aprende tu lugar.

—Tengo que abrir la puerta para entrar. —Se subió y se sentó en el asiento muy mojado—. Cristo, ¿lo aparcaste en el mar?

Tully puso en marcha el motor.

—Ellis, estábamos en medio de un puto ciclón.

Levanté la caja con cuidado y tomé asiento delante. Tully y Ellis seguían discutiendo, y su madre le estaba dando instrucciones a Rowan sobre cómo usar la barbacoa para preparar algo de comer para las personas que llegaran, mientras que su padre les mostraba a Shane y Lindsey su coche.

Cuando llegó a la cima de la cresta, Tully detuvo el Jeep para que pudiéramos ver la vista de Darwin.

Era difícil ponerlo en palabras. Pudimos ver dónde

había tocado tierra el ciclón, su rastro de destrucción como heridas abiertas.

Ellis se quedó boquiabierto, con los ojos muy abiertos y llorosos.

Cuando Tully vio la cara de su hermano en el espejo retrovisor, comenzó a conducir hacia abajo. Más lento esta vez. Pasamos por delante de la calle de Tully, apenas pudimos ver que su casa parecía intacta. No lo sabríamos con certeza hasta que entráramos, pero no había escombros y todo parecía decididamente tranquilo.

A diferencia de unas pocas calles más.

Ahora había más gente en la calle, claramente conmocionada y angustiada, y Tully redujo la velocidad del jeep a paso de tortuga cuando entró en la calle de Ellis.

Estas fueron una vez enormes casas de lujo. Como la de Tully, como la casa de sus padres.

Ahora parecían haber pasado por una trituradora de madera.

Tully se detuvo en un montón de escombros en particular, saliendo de la calle lo mejor que pudo. La carretera era un campo minado, pero el sonido de las sirenas se hacía cada vez más fuerte y había muchas posibilidades de que llegaran pronto los vehículos de emergencia.

Salimos y Tully levantó su asiento para Ellis.

Estaba pálido y consternado, y mientras estaba de pie allí mirando donde una vez estuvo su casa, su barbilla se estremecía y su mano temblaba mientras se la pasaba por el cabello.

Tully le pasó el brazo por los hombros y, durante un rato, nadie habló.

Entonces Ellis se dio la vuelta para mirar las casas de sus vecinos.

—Creo que los Bakshi estaban en Perth. La Sra. Mahoney se fue para estar con su hija. John y Rayna se fueron al sur. —Señaló una casa al final de la calle—. Pero los Lims se quedaron. Dios, también estaban los Wards…

Empezó a caminar por allí. Después comenzó a correr.

—Ellis, espera —dijo Tully corriendo tras él.

Yo también comencé a seguirlo, pero cuando Ellis llegó a la casa de al lado, un hombre mayor salió con el brazo alrededor de una mujer y Ellis dejó de correr.

—¡Señor Lim! Winnie, ¿estáis bien?

Me detuve también y los dejé hablar en privado.

Me alegré de que estuvieran bien, pero Dios mío… toda esta calle… Quería hacer algo. Yo quería ayudar. Pero no sabía por dónde empezar. Estaba tan cansado y entristecido, y lamenté mucho que esto hubiera sucedido.

No era mi culpa, lo sabía. Pero, aun así, había una sombra de responsabilidad que se cernía sobre mí.

No había forma de predecir qué calle exactamente sería borrada del mapa, pero cualquiera de estas casas frente al mar era un riesgo. Claro, sabíamos que el aire más cálido sobre la tierra afectaría la trayectoria del ciclón, proveniente del aire más frío sobre el agua. Sabíamos la ciencia detrás de esto.

Pero la Madre Naturaleza era una bestia impredecible.

Siempre había posibilidades y probabilidades.

Detrás de la casa de Ellis había una reserva natural, por lo que parecía, que daba a la bahía. El ciclón tocó tierra justo aquí. No unas cuantas calles más allá, no cerca de la casa de Tully. Ni pocas calles más allá de eso. Tampoco en la casa de sus padres donde se habían refugiado todos.

Gracias a Dios.

Hacer que todos buscaran refugio en un solo lugar había sido aterrador y, en retrospectiva, probablemente una tontería. Si hubiera sido su casa la que fuera golpeada, si no tuvieran un sótano a prueba de ciclones, Tully podría haber perdido a toda su familia de un solo golpe. Cada uno de ellos.

¿Sabría lo cerca que estuvo?

¿Cómo se salvarían los restos de eso?

¿Cómo salvábamos algo de esto?

Mirando la casa de Ellis, no estaba seguro de lo que quedaba por salvar.

Caminé hacia el desorden de lo que quedaba. Estaba empapado y esparcido por todas partes. Había media pared a la derecha todavía en pie, nada a la izquierda, y no había techo. Había placas de yeso por todas partes, medio sofá volcado, ropa, papeles, una mesa rota. El banco de la isla de la cocina todavía estaba allí, pero el frigorífico ahora estaba tirado unos metros fuera.

No estaba seguro de lo que podía pisar, así que no fui muy lejos. No era seguro, y lo último que necesitaba el hospital en este momento era que me hiriera por ser estúpido.

—¿Jeremiah? —gritó Tully desde donde estaba de pie junto con Ellis—. ¿Qué estás haciendo?

Estaban en la parte delantera de la casa. Le di una sonrisa triste.

—Lo sé. Solo… —Mi pie resbaló un poco y miré hacia abajo para ver que estaba de pie sobre lo que era un gabinete de cocina o una cómoda de algún tipo. Pero vi algo más, medio escondido.

Era un reloj.

Era plateado y art déco, o algún otro estilo con el que no estaba familiarizado. Parecía viejo y tal vez significaba algo para él. Tuve que levantar un trozo de madera contrachapada, pero lo recogí, sorprendido por su peso, y lo sacudí. Salí con él, pasando por encima de todo, y Tully me tendió la mano para ayudarme con la última parte.

Le entregué el reloj a Ellis.

Lo tomó con una sonrisa llorosa, limpiando la cara de cristal.

—El reloj de escritorio del abuelo —dijo Tully.

Ellis asintió y se secó una lágrima de la mejilla.

—Estaba arriba —dijo.

Cristo. ¿Esta casa solía ser de dos pisos?

Tully atrajo a su hermano para darle otro abrazo cuando llegaron sus padres, claramente sorprendidos por lo que vieron.

—Oh, cielos —susurró su madre, con la mano en la boca.

Su padre puso una mano sobre cada hijo.

—Gracias a Dios que no estabas aquí, Ellis.

Un camión de bomberos entró en la calle, las luces parpadearon y cortaron la sirena. Se detuvieron en la primera casa.

—Veamos qué podemos encontrar —dijo su padre—. Antes de que nos echen.

—Papá, detente —dijo Ellis, agarrando el brazo de su padre—. No. —Negó con la cabeza y suspiró—. Hay tuberías de gas y esa pared no parece estable. —Miró lo que solía ser su casa—. Todas mis fotos están en la nube. Mi disco duro está respaldado; todos mis archivos de trabajo están guardados. Estoy usando el reloj que me comprasteis. —Negó con la cabeza y se encogió de hombros—. Lo que queda son solo… cosas. Son solo cosas reemplazables. —Levantó el reloj y me dio una sonrisa triste—. Excepto esto.

Tully me rodeó con el brazo. Apoyó su frente en mi hombro, exhausto. Sabía exactamente cómo se sentía.

—No sé a dónde iré —murmuró Ellis.

—Puedes vivir con nosotros —respondió rápidamente Tully.

¿Con nosotros?

Me tomó un momento darme cuenta de que Tully me incluía a mí. Claro, viví allí. Pero hasta ahora había sentido que solo me estaba *quedando* allí. Como si fuera un arreglo temporal.

Tully me apretó la mano.

—¿Está bien?

¿Está bien?

—Por supuesto que está bien. Es tu casa. No tienes que preguntarme.

—Tú también vives allí.

—Sí, pero no es mi casa.

Tully suspiró e, ignorando ese comentario, pero aun sosteniendo mi mano, miró a Ellis.

—Puedes quedarte con nosotros. Durante el tiempo que necesites.

El camión de bomberos bajó hacia nosotros y un hombre salió.

—Hola, amigos —dijo—. ¿Estáis todos bien?

—Eh, sí —respondió Ellis—. Esta es mi casa… O lo era… Yo no estaba aquí cuando afectó esta zona.

—¿Sabes si alguno de tus vecinos estaba en casa?

Les contó sobre los Lims y cómo había pensado que la gente al otro lado de la calle se quedaría, pero los Lims dijeron que no, los Wards se habían ido ayer. El bombero dijo que irían a revisar de todos modos, pero advirtió que ninguna calle era segura y que tendríamos que movernos.

—Disculpa —le dije—. ¿Tienes alguna información sobre el corte de energía? ¿O Internet?

Me dio una mirada extraña, así que aclaré.

—Trabajo en la Oficina de Meteorología y nos cortaron la energía. Todos mis sistemas están caídos. Perdí todas las comunicaciones. Tendré que transmitir algunos datos a la Tierra de Arnhem…

Me miró.

—Tú trabajas en la… ¿Fuiste tú quien mandó ese mensaje?

Oh.

Tully resopló y me palmeó la espalda.

—Sí, fue él.

El oficial dio dos pasos gigantes hacia mí y tomó mi mano, estrechándola con cierta violencia.

—Bueno, que me condenen —dijo sonriendo. Luego llamó hacia el camión—. ¡Jimmy, es el chico de la estación meteorológica!

Otro bombero, que estaba en la casa de enfrente, se acercó. Tenía unos cincuenta años, estaba en forma y era bastante guapo.

—¿Qué pasa? —dijo.

—El chico que puso el mensaje en el radar meteorológico sobre el ojo de la tormenta —dijo el primer oficial, haciéndome un gesto—. Es él.

El rostro cincelado de Jimmy sonrió.

—Ah, el meteorólogo de ojos azules de las noticias. ¿Fuiste tú?

Escuché a Tully gruñir a mi lado, pero luego inhaló profundamente, lo que sabía significaba que tenía toda la intención de descargar su ira. Tiré de su mano para hacerle saber que yo me encargaba.

—Sí, mis ojos son azules —dije con un suspiro, porque ese fue el detalle en el que se fijaron de todo esto.

Nunca debería atreverme a no sorprenderme. O decepcionarme.

—En otras noticias *más importantes*, ¿tenéis alguna actualización sobre el corte de energía e Internet? —pregunté rotundamente—. Me gustaría tener mi sistema listo y funcionando lo más rápido posible. El edificio está intacto, pero no tengo satélites ni antenas. Estoy seguro de que podéis entender la urgencia. Las advertencias de inundación permanecerán vigentes y no tengo acceso a datos o alertas al este de nosotros, donde Hazer se encuentra en este momento.

Él se enderezó.

—Las líneas principales están caídas. Hay daños en el cable de fibra óptica en la línea que llega a Darwin. Creo que están trabajando en ello. Podrían ser días por lo que sabemos. —Miró hacia atrás, al camión y a su colega—. Ni siquiera tenemos radio. Incluso las torres de Banda Ciudadana (BC) están caídas. Están trabajando en las comunicaciones por satélite, pero la mayoría de los platos fueron destruidos, por lo que adivinar un marco de tiempo es, en el mejor de los casos, imposible.

Bueno. Finalmente, algo de información adecuada. No es que fuera una gran noticia de ninguna manera, pero al menos me estaba tomando en serio.

—Gracias. —Me volví hacia Tully—. Deberíamos irnos.

—Mira —dijo Jimmy—. Lo siento… sobre antes. No quise faltarte el respeto. Lo que hiciste con el mensaje en el radar fue muy inteligente y salvó vidas, no hay duda al respecto.

Dado que lo había dicho con sinceridad, lo miré a los ojos y asentí.

—¿Sabes si la oficina de respuesta a emergencias está abierta?

Tully tiró de mi brazo.

—Sí, no. Tu trabajo ha terminado hoy. Deja que otras personas hagan el suyo.

Liberé mi brazo, molesto.

—Todavía hay partes del estado…

Tully levantó la mano y levantó un dedo.

—En primer lugar, este es un territorio, no un estado. Eres nuevo aquí, así que lo dejaré pasar. En segundo lugar, no has dormido bien en dos días. Salvaste a suficientes personas hoy y casi mueres dos veces. —Levantó dos dedos—. Dos veces pensé que ibas a morir hoy, dos veces separadas, lo cual es más que suficiente, gracias. —Le lanzó una mirada sucia a Jimmy—. Y todavía te faltan el respeto. Entonces, ¿sabes qué? Has hecho todo lo que puedes hacer hoy; deja que otras personas hagan su trabajo. Lo que necesitas en este momento es comer y dormir, y lo que yo necesito en este momento es a ti. Y mi hermano perdió su casa y todo lo que posee, y la mitad de la ciudad desapareció. Entonces... —Su labio inferior se tambaleó, y supe que Tully estaba realmente en su límite.

Deslicé mi mano alrededor de la parte posterior de su cabeza y lo atraje hacia mí.

—De acuerdo. Vamos.

Su madre se acercó y puso su mano en el cabello de Tully.

—Volved a casa. Rowan está cocinando un poco de carne en la barbacoa. Comed algo y luego podréis dormir.

Tully parecía dispuesto a discutir, pero yo asentí.

—Iremos, gracias.

Hizo un puchero y fue al asiento del pasajero del Jeep, lo que significaba que yo iba a conducir. Ellis fue con sus padres y se fueron primero.

—Solo quiero irme a casa —dijo.

Estaba a punto de arrancar el motor, pero no lo hice. Me giré para enfrentarlo en su lugar.

—Pasa tiempo con tu familia. —Tomé su mano—. Necesitan verte y tú necesitas pasar tiempo con ellos. Especialmente Ellis. Especialmente hoy. Podría haber sido un resultado muy diferente. Si el ciclón hubiera estado a solo unas calles de distancia, toda tu familia… —Dejé caer la cabeza—. Sé que estás cansado. Pero dedícales una hora.

No dijo nada por un momento y me pregunté si me había excedido, pero cuando lo miré, estaba sonriendo. Era una sonrisa llorosa, una sonrisa cansada, pero era una sonrisa agradecida que hizo que mi corazón golpeara contra mis costillas.

—Está bien —murmuró.

Asentí y besé sus nudillos, luego arranqué el Jeep y conduje a la casa de sus padres.

Tully jugó con sus sobrinos, conversó con Zoe y Rowan, hermanos a los que no era particularmente cercano, tuvo algunas conversaciones tranquilas con Ellis y sus padres los abrazaro mucho.

Revisamos al pájaro en la caja y logramos alimentarlo con un poco de carne picada y agua. El Sr. Larson dijo que era una urraca bebé, probablemente incapaz de volar para escapar de la tormenta. Pensé que, si sobrevivía a la noche, podríamos llevárselo a alguien para que lo cuidara.

Me senté con su madre mientras Tully ayudaba a su

padre a quitar las tablas de madera contrachapada de las ventanas y arreglaban el jardín. La vieja estación meteorológica que Tully había instalado no se encontraba por ninguna parte, pero eso no era sorprendente.

—Gracias por hacerlo regresar —dijo su madre en voz baja—. Sé que él no quería.

—Él lo necesitaba —dije—. Y se alegrará de haberlo hecho.

Ella sonrió cuando lo vio levantar una de las tablas.

—Tienes buena mano con él —dijo todavía sonriendo—. Lo calmaste tan fácilmente hoy. Él te escucha.

—Han sido dos días estresantes, eso es todo —dije desestimando su afirmación—. Aunque tiene un fusible corto.

Ella se rio.

—Realmente no es así. Normalmente es muy plácido. Tranquilo y fácil de llevar; es lo que lo hace muy bueno en su trabajo. Sería quién terminaría una pelea, nunca comenzaría una. Discute con su hermano todo el tiempo, pero todo es en broma. Mayormente. Creo que lo he visto erizarse genuinamente solo tres veces en su vida: una fue cuando maldijo a los reporteros en la televisión en vivo, y dos veces fue hoy.

—Oh. Bueno, hoy estaba cansado y hambriento —dije tratando de defenderlo de inmediato. Entonces me di cuenta de lo que estaba diciendo—. ¿Esas tres veces son por mi culpa? ¿Estás insinuando que no soy bueno para él? —Empecé a sentirme un poco mal… Estaba demasiado cansado para tener esta conversación en este momento.

Ella tomó mi mano y la apretó.

—Cielos, no, en realidad todo lo contrario.

Estaba tan confundido.

—No estoy entendiéndote. Lo siento…

—Te estaba defendiendo Jeremiah. —Le sonrió a Tully, que ahora estaba discutiendo con su padre sobre cómo sostenía la tabla mientras su padre la desenroscaba—. Él está tan enamorado de ti.

Oh, Dios mío.

—Y es maravilloso verlo —reflexionó ella felizmente, sin dejar de mirarlo. Todavía estaba discutiendo con su padre.

—¿Estás segura de que no tiene mal genio, porque…? —Le hice un gesto. Ahora estaba discutiendo un poco más fuerte que antes.

—Está bien, tal vez un poco —admitió. Me palmeó la pierna—. Llévatelo a casa.

Finalmente sacaron la tabla y Tully la dejó en la pila con las demás. Llevarlo a casa sonaba como una muy buena idea.

—Tully —dije.

Me miró directamente y entró.

—¿Nos vamos? ¿Por favor dime que nos vamos?

Asentí.

—Estoy cansado.

Puso su mano en mi vientre y deslizó su brazo alrededor de mi cintura. Definitivamente me tomaría un tiempo acostumbrarme a las demostraciones de afecto frente a las personas. Especialmente delante de sus padres.

Entonces recordé que lo había besado en frente de

ellos, y eso hizo que irnos sonara aún mejor.

Nos despedimos de todos y Tully llegó a Ellis.

—¿Vienes?

—Lo haré. Mañana, si está bien. Podría quedarme aquí esta noche —dijo.

Era comprensible.

—Además, estoy bastante seguro de que no quiero escuchar los ruidos que saldrán de tu habitación…

Tully le arrebató el taladro inalámbrico a su padre y trató de rodear el sofá para matar a su hermano. Rowan y su padre intentaron intervenir, todos los niños se unieron, riéndose y chillando como si fuera el mejor juego al que habían jugado.

Suspiré y asentí a su madre.

—Gracias por la comida.

—Gracias —dijo ella—. Tal vez algún día puedas contarnos sobre la historia heroica de la que habló el equipo de noticias y que mencionó ese bombero guapo.

Sonreí.

—Era guapo, ¿verdad?

—Oye, escuché eso —dijo Tully. Ya no sostenía el taladro, pero tenía un sobrino sobre su hombro—. Era guapo. Hasta que abrió su estúpida boca. —Hizo una mueca—. Errrr, el meteorólogo de ojos azules, dijo el bombero de ojos marrones. ¡Qué idiota!

—Tully —reprendió Zoe—. Esa lengua.

—¿Cómo es que notaste el color de sus ojos? —pregunté.

—Sí, Tully —intervino Ellis—. ¿Cómo es que te diste cuenta?

Tully estaba a punto de intentarlo de nuevo con

Ellis, pero Ellis estaba debajo de un montón de sobrinos, y sonreía por primera vez desde que regresamos. Tully agregó otro niño a la pila y, con una sonrisa dirigida a su madre, tomamos la caja con el pájaro y nos fuimos a casa.

Todavía era de día, pero su casa estaba completamente tapiada y oscura por dentro. Encendió la linterna de su teléfono y todo estaba tal como lo había dejado.

Sin ventanas rotas, sin daños.

No que pudiéramos ver, de todos modos. Ciertamente no faltaba un trozo de techo ni tampoco era una casa demolida como la de Ellis y muchas otras personas.

Tuvimos mucha suerte.

Mañana revisaríamos más sobre el daño generalizado y comenzarían a llegar las cifras de muertos.

Pero por ahora, al igual que las ventanas tapiadas, podríamos bloquearlo y, al menos durante unas horas, pretender que el mundo exterior no existía.

Pusimos la caja con el pájaro en el suelo.

—Buena suerte, pequeño —dijo Tully en voz baja. Luego me llevó arriba—. Sin electricidad también significa que no hay aire acondicionado —dijo—. Pero también significa que no hay agua caliente. Demonios, ni siquiera sé si tenemos agua fría. Me llevó directamente a su baño y puso la linterna de su teléfono en el lavabo—. La ducha más rápida del mundo, luego la cama. Y no puedo creer que voy a decir esto, pero estoy demasiado cansado para tener sexo.

Resoplé.

—Honestamente, me siento igual.

Se quitó la camiseta.

—Pero no demasiado cansado para besos o abrazos. —Luego me quitó la camisa—. ¿Estás bien?

—Sí.

Se detuvo, y apoyando su cabeza en mi pecho, me abrazó. Me apresuré a sostenerlo. Aparentemente los abrazos comenzaban temprano.

—Gracias —murmuró—. Por hacerme volver a casa de mamá y papá. Tenías razón.

—Usualmente la tengo.

Resopló, apenas capaz de mantener los ojos abiertos. Froté su espalda y se puso más pesado en mis brazos.

—Solo quiero quedarme así.

—Apreciarás una ducha.

—Te agradeceré que me bañes.

Besé el costado de su cabeza.

—Bueno.

Abrí el agua y sí, había agua fría. Sin agua caliente. Pero esto era Darwin; el agua fría estaba tibia de todos modos. Al menos para mí. Atraje a Tully bajo el cabezal de la ducha y comencé a enjabonarnos a ambos.

Enjuagarnos la tierra, el barro y el horrible día se sentía tan bien, besarlo suavemente, sus labios, su nariz, sus párpados, se sentía celestial. Pero el cansancio se estaba apoderando de mí y, cuando Tully se tambaleó, cerré el grifo.

Nos sequé con una toalla lo mejor que pude y luego ayudé a Tully a acostarse. Me acosté detrás de él y se envolvió a mí alrededor.

—Mi cabello todavía está húmedo.

—No me importa.

—Ha sido un día —murmuró—. Estoy agradecido de que estemos bien.

Besé su frente.

—Yo también.

—Te amo.

Sus palabras me emocionaron y me calmaron, e incluso después del día que habíamos tenido, todavía estaba demasiado asustado para responderlas.

Quería decirle que lo amaba. Tenía muchas ganas de decir las palabras, pero mi corazón entrecortado me detuvo. ¿Podía correr hacia una tormenta eléctrica sin dudarlo? Seguro. ¿Podía ponerme en peligro sin miedo? Seguro.

¿Podía decir esas tres pequeñas palabras en voz alta?

No.

En cambio, apreté mis brazos a su alrededor e incliné su rostro hacia arriba para poder besar sus labios.

—Yo también.

CAPÍTULO ONCE
TULLY

Dormí como un tronco. Después de la semana que habíamos tenido y el estrés de todo, después de acurrucarme y estar tenso durante horas, estaba tan exhausto. Luego, en mi dormitorio a oscuras, sin un rayo de luz y con una almohada del tamaño de Jeremiah, creo que ni siquiera me moví una vez.

No hasta que alguien golpeando la puerta principal me despertó. Me puse unos pantalones cortos y bajé las escaleras.

—Sí, un momento. Ya voy. —Entonces recordé el día anterior y el ciclón, y me pregunté si alguien había resultado herido—. Voy corriendo.

—Apuesto a que eso es lo que dijo —gritó Ellis—. Será mejor que no estés desnudo, por el amor de Dios.

Suspiré y abrí la puerta para encontrar a mis padres y Ellis de pie allí a la luz del día. Me lastimó los ojos.

—Cristo. ¿Qué hora es?

—Son más de las ocho —dijo mamá cuando entraron.

—¿Ocho en punto?

Llegaron hasta el vestíbulo.

—Dios, esto es como una cueva—dijo papá—. No es de extrañar que no sepas qué hora es.

Pasé mi mano por mi cabello y estiré mi espalda antes de arrastrarme a la cocina y encender la máquina de café…

Maldita sea.

—Sin electricidad significa que no hay café —dije poniendo mi cabeza en el mostrador de la cocina—. Ya odio esto.

—Quitemos estas tablas de las ventanas —dijo papá, poniéndose manos a la obra.

Suspiré.

—Iré a despertar a Jeremiah.

Tomé las escaleras y me subí a la cama, gateando hasta su cuerpo y besando su hombro.

—Oye, dormilón —murmuré. Murmuró y gimió—. Mis padres están aquí y son más de las ocho. Doreen se estará preguntando dónde estás.

Se levantó con la velocidad de un rayo.

—¿Ocho en punto?

Me reí y me levanté de la cama.

—Me ofrecería a hacerte café, pero no puedo.

Se levantó de la cama.

—Doreen me va a matar. —Se detuvo, confundido —. ¿Por qué está tan oscuro? —Luego sus hombros se hundieron, como si acabara de recordar todo el asunto del ciclón como yo lo había hecho hace unos minutos—. Ah.

—Papá está aquí para ayudarme a quitar las tablas.

Se puso unos pantalones cortos. Me encantaba que odiara la ropa interior.

—Ojalá pudiera ayudar —dijo cogiendo una camiseta de una percha y metiéndosela por la cabeza—. Doreen se va a enfadar mucho.

Me reí.

—No, ella no se enfadará.

Corrió al baño para lavarse la cara y cepillarse los dientes.

—Trata de no beber el agua —le dije—. Tendremos que hervirla de ahora en adelante.

Hizo una pausa con el cepillo de dientes en la mano.

—Ah, sí. Por supuesto.

Me hizo sonreír que fuera tan apestosamente inteligente, tan entusiasmado con todas las cosas geniales, pero a veces las cosas básicas se le escapaban. Era lindo.

—Veré si puedo encontrar algo para comer —dije dejándolo solo.

Volví a bajar y la luz del sol entraba por la puerta trasera de cristal. Papá y Ellis ya habían quitado una tabla del panel. Mamá estaba en la cocina con un poco de cereal Weet-Bix en el mostrador.

—La leche en tu refrigerador sigue estando buena por ahora. Bien puedes usarla.

Jeremiah bajó las escaleras con las botas en la mano.

—Buenos días —dijo—. Lamento mucho no poder quedarme. Doreen me va a asesinar.

—Llámala Dori —dije con una sonrisa—. Solo para ver lo que hace.

Jeremiah me miró fijamente, horrorizado.

—No haré tal cosa. Me gustan mis dientes donde están.

Resoplé.

—Hablas como si ella se pusiera en modo *El Señor de las Moscas* y tuviera tu cabeza en una pica en la puerta para advertir a los menos dignos. —Me volví hacia mi madre—. Doreen tiene como setenta años.

Se puso una bota y me miró fijamente.

—Setenta, sí. Pero ella tiene la cabeza rapada, circula en moto y empuña un bate de béisbol, y usa camisetas vaginales.

Me reí, pero él se puso un poco pálido y horrorizado y apenas podía mirar a mi madre.

—Lo siento mucho.

Mamá se encogió de hombros.

—Me gusta cómo suena.

Le preparé un poco de Weet-Bix y empujé el cuenco hacia él.

—Tienes tiempo para comer. Te lo prometo, Doreen no se enfadará. Después de ayer, podrías hacer o decir cualquier cosa y a ella no le importará. Ayer la asombraste completamente.

Hizo un pequeño puchero, lo cual era muy lindo. Pero se sacudió la vergüenza por el comentario de la vagina, se puso la otra bota y vio la caja en el suelo.

—Oh, ¿hemos revisado al pájaro esta mañana?

Cogió la caja y la deslizó sobre el mostrador y abrió la tapa.

—¿Todavía está vivo? —pregunté.

Jeremiah se acercó y recogió un pájaro muy vivo y alerta.

—Seguro que lo está.

Graznó y abrió el pico, y Jeremiah lo acunó contra su pecho.

—Está bien, pequeño. No te estreses. —Entonces él me miró—. ¿Qué hacemos con esto? ¿Hay alguien a quien podamos llevárselo?

No pude evitar sonreírle.

—Tal vez deberíamos quedárnoslo por uno o dos días más, solo para estar seguros. Tengo carne picada y otras cosas en el refrigerador que necesitaremos gastar.

Jeremiah hizo una mueca insegura.

—¿Está seguro?

La forma en que lo estaba acunando, siendo tan malditamente lindo. Dios, me hacía sentir mariposas.

—Sí. Estoy seguro.

Mamá me sonreía con cariño y yo sabía lo que veía. A mí vuelto de revés por él. Me encogí de hombros porque no tenía sentido negarlo. Volví a empujar el plato.

—Jeremiah, por favor come algo —le dije.

Me entregó el ave y tomó unos bocados de desayuno antes de poner su plato en el fregadero.

—Realmente tengo que irme. Siento no poder ayudaros hoy. Esperemos que las carreteras estén despejadas y restablezcan algo de energía pronto. —Luego hizo una mueca—. Y si el equipo de noticias está allí de nuevo, tal vez Doreen se enfade con ellos.

No había pensado en eso…

—Si esos capullos están ahí otra vez, me llamas.

Sacó su teléfono de su bolsillo y tocó la pantalla.

—Lo haría si pudiera, pero todavía no tenemos servicio.

Maldita sea.

—Tal vez debería ir contigo.

Negó con la cabeza.

—Estaré bien. Tendrán suficientes historias para cubrir sin molestarme. Soy noticia vieja. Y estoy seguro de que tienes bastante que hacer en tu trabajo.

Mamá hizo un gesto con la mano.

—Tu padre ya ha bajado esta mañana. Hay algunos daños menores. Principalmente daños por agua, pero los muelles de carga se ven bien. Los ingenieros tendrán que evaluarlos, por supuesto.

Mierda.

Me puse la mano en la frente. Ni siquiera había pensado en mi trabajo.

La culpa me golpeó fuerte porque *debería* haberlo pensado. Debería haber considerado el trabajo de toda la vida de mis padres.

—Mamá, lo siento. Ni siquiera pensé. ¿Podemos bajar hoy? ¿Está bien el edificio de administración?

Ella palmeó mi brazo.

—Está bien. Has tenido suficiente de qué preocuparte. Volveremos después de que hayamos terminado aquí.

Eso no me hizo sentir mejor.

Jeremiah tomó las llaves del Jeep.

—Tengo que irme. Volveré lo más rápido que pueda y ayudaré con lo que sea necesario. Dudo que haya mucho que pueda hacer en la oficina, además de limpiar y evaluar los daños. Pero sin electricidad, señales de radio o Internet, no hay mucho que pueda hacer. Pero le dije a Doreen que volvería a primera hora.

—Está bien —dije—. Ten cuidado.

—Siempre lo tengo.

—Eso es mentira.

Abrió la boca, luego la volvió a cerrar.

—Bueno, intentaré tenerlo.

Le sonreí de nuevo.

—Al menos prométeme que no intentarás morir hoy.

Él suspiró.

—No lo intento… No es deliberado. Simplemente…

—Jeremiah —dije caminando hacia él. Todavía sosteniendo el pájaro contra mi pecho, me puse de puntillas y lo besé—. Que tengas un buen día. Ten cuidado ahí fuera. Te amo.

Sus ojos se abrieron de par en par, y toda su cara se puso roja. Miró a mi madre.

—Tully —siseó.

Me reí.

—Dile a Doreen que le mando saludos. Y espero que Suri esté bien.

Murmuró algo mientras retrocedía y se volvió hacia la puerta. Miró hacia atrás y saludó, completamente nervioso, luego hizo una salida rápida.

Me reí y mamá me chasqueó la lengua.

—Deja en paz al pobre muchacho.

Suspiré feliz, quién hubiera sabido que estar enamorado era tan jodidamente alucinante, y salí al balcón para ver si papá y Ellis necesitaban ayuda.

—Dios mío, el mar está tan tranquilo —dije. Claro,

las palmeras eran un desastre, pero la bahía se veía como un cristal.

Ellis colocó una pieza de tablero contra la pared.

—Loco, ¿verdad?

—¿Cómo estás esta mañana? —le pregunté.

Se encogió de hombros.

—Sí, estoy bien. Por suerte llevé una bolsa con una muda de ropa para casa de mamá y papá, y mi cepillo de dientes. Todo lo que tengo cabe en una mochila, pero estoy bien.

Le di una palmada en el hombro.

—Está bien que te quedes aquí por el tiempo que necesites. Mi guardarropa es tuyo hasta que podamos conseguirte algunas cosas nuevas.

Me dedicó una sonrisa y asintió.

—Sí, gracias. Sé que tú y Jeremiah acaban de mudarse juntos, así que, si prefieres que me quede en casa de mamá y papá, lo entenderé por completo.

—¿Qué? —Lo miré divertido—. Ni lo dudes. Jeremiah y yo estamos bien con la idea. Claro, es un poco nuevo, pero no te preocupes por eso. Nadie esperaba que tu casa… fuera demolida. Así que está bien que te quedes con nosotros.

Pareció apaciguado, luego asintió hacia el pájaro que todavía estaba sosteniendo.

—Todavía tienes tu pájaro, por lo que veo.

—Mm. Se ve un poco con los ojos brillantes esta mañana. Aunque necesita algo de comida.

—¿Vas a ayudarnos a organizar tus ventanas? —preguntó Ellis.

—Pero estás haciendo un trabajo estelar sin mí —dije—. Necesito alimentar a este pequeño.

Mamá salió y tomó el pájaro.

—Yo le daré de comer. Haz lo que te dicen. Y sin peleas.

Ellis se rio.

—Ve y ponte una camiseta y algo de ropa interior. Jesús, si andas con las bolas libres por la casa, tal vez viviré en casa de mamá y papá.

Intenté patearlo.

—Deja de mirar mi paquete.

Papá se enderezó con el taladro en la mano.

—A la batería de este taladro le quedan unos cinco minutos, y que Dios me ayude, la usaré con vosotros dos. Ahora callaos y ayudadme.

Ambos nos callamos y lo ayudamos.

Ellis hizo una mueca desde el otro extremo del tablero y sacó la lengua.

Resoplé.

—Vivir aquí va a ser muy divertido.

Me sonrió y ambos comenzamos a reír.

ME SORPRENDÍ CUANDO JEREMIAH APARECIÓ EN MI TRABAJO poco después de las tres. Habíamos estado limpiando los muelles y el edificio de administración durante horas, pero estaba seguro de que llegaría cuando oscureciera.

Estaba barriendo cuando Rowan dijo mi nombre y asintió hacia el aparcamiento. Levanté la vista para ver a Jeremiah caminando hacia mí, y maldición, hizo que mi corazón se saltara un latido.

—Eh, hola, extraño —dije sonriendo—. Si bien eres increíblemente hermoso, no compraré nada de lo que vendas porque ya tengo novio.

Jeremiah puso los ojos en blanco, pero sus mejillas se sonrojaron.

—Por favor, dime que nunca usó eso contigo —dijo Rowan—. Dios, Tully, eso fue terrible.

Me reí, todavía sonriendo a Jeremiah. Rowan no necesitaba saber que Jeremiah había usado esa línea conmigo, y no fue terrible porque funcionó completamente.

—No pensé que te vería hasta más tarde.

—Pasé por tu casa y no estabas allí. La calle de Ellis está bloqueada y tu coche no estaba en la casa de tus padres. —Se encogió de hombros—. Este es el único otro lugar que conozco en Darwin.

Oooh. Me acerqué.

—Bueno, me alegro de que me hayas encontrado. —Entonces le entregué la escoba—. Me han estado haciendo trabajar todo el día.

Empujó la escoba hacia mí.

—Genial.

Rowan se rio y señaló con la barbilla a Jeremiah.

—Me agrada.

Suspiré.

—Ya nadie me quiere. —Claramente, hacer pucheros no me estaba llevando a ninguna parte—. ¿Cómo te fue hoy? ¿Estaba Doreen enfadada?

—No. Ella estaba feliz de verme, en realidad. Fue desconcertante, para ser honesto. Un poco aterrador.

Resoplé.

—Suri estaba allí. Estaba mucho mejor hoy. Jeff y sus chicas se van a quedar con su hermana, creo. Y Doreen tuvo que impedir que el viejo Arty subiera por una escalera hasta su techo, porque eso es lo que debería estar haciendo cualquiera que tenga casi noventa años. —Jeremiah puso los ojos en blanco—. Principalmente hicimos informes de limpieza y daños. No tenemos antenas, ni satélite, nada. —Frunció el ceño y medio se encogió de hombros—. No sé qué podemos hacer. No tenemos nada con lo que trabajar. Ni siquiera para empezar.

Miró hacia los muelles y se encogió de hombros de nuevo, como si tuviera algo que decir, pero no pudiera encontrar las palabras para decirlo.

—Oye —susurré, tomando su mano—. Todo irá bien. Doreen y tú sois dos de las personas con más recursos que conozco. Volveréis a estar en funcionamiento en muy poco tiempo.

Sus ojos se clavaron en los míos, y había tristeza en el llamativo azul.

—¿Y si me envían de vuelta?

¿De vuelta?

—¿De vuelta a dónde?

—A Melbourne. ¿O a otro lugar? A otra oficina en alguna parte.

Una bomba de rabia y miedo estalló en mi pecho. Instantáneo, lleno de pánico y fuego. La idea de que se fuera, incluso la mera mención de ello, tenía mi sangre hirviendo.

—No lo harán. Será mejor que no.

—No me dieron exactamente una opción para este puesto, ¿verdad? No pudieron enviarme lo suficientemente rápido…

—Entonces diles que no —le espeté—. Tú eres el maldito Doctor Jeremiah Overton, quien le dice a la gente cómo va a ir la situación. Si pensaban que eras difícil antes, si pensaban que yo era difícil antes, todavía no han visto nada. —Dejé caer la escoba y lo golpeé en el pecho—. Pateaste traseros ayer. Fuiste jodidamente brillante y salvaste vidas, y es por lo que aquí no hay nadie mejor para el trabajo que tú.

Puso su mano en mi cuello.

—Tully —murmuró.

Negué con la cabeza.

—No puedes irte. Tienes que estar aquí. Te acabo de encontrar.

Él sonrió ante eso.

—No quiero irme. Pero casi me alegro de que no tengamos comunicación con Melbourne o Canberra. De esa manera no pueden decirme que me necesitan en otro lugar.

—Si lo hacen, caminaré hasta Melbourne, si es necesario, solo para romper algunos malditos cráneos.

Suspiró y dejó caer su mano de mi cuello.

—Creo que necesitamos hablar sobre tus tendencias violentas cuando se trata de mí. Empiezo a pensar que saco tu lado malo. Tu madre lo mencionó ayer.

Rowan soltó una carcajada. Ni siquiera me acordaba que todavía estaba allí.

—Lo siento —dije—. Solo pensar en que alguien te haga daño me hace ver rojo. Me enfado tanto que quiero destrozar a la gente.

—Bueno, eso es bueno —dijo Jeremiah, haciendo una mueca—. Y perturbador, y completamente innecesario. Pero ¿gracias?

Tomé una respiración profunda, luego exhalé lentamente.

—Está bien, intentaré dejar de amenazar a la gente. Pero necesitan dejar de amenazarte o usarte. O lo que sea. Entonces no tendré que amenazarlos, así que técnicamente es su culpa.

Jeremiah hizo una mueca de dolor.

—No estoy seguro de que así sea como funciona.

Suspiré de nuevo.

—Bien. Te prometo que no amenazaré con violencia física. Pero tienes que prometerme que no te irás.

Su sonrisa era tímida y genuina, y le dio a Rowan una rápida mirada antes de que sus ojos se encontraran con los míos de nuevo.

—Lo prometo. Aunque debo agregar la advertencia de que prometo hacer todo lo que esté a mi alcance y que algunas cosas pueden estar fuera de mi control, y eso técnicamente no es mi culpa.

—Bien. Y agregaré la advertencia de que algunas cosas también pueden estar fuera de mi control. Como si esa lectora de noticias regresara y te empujara el micrófono en la cara una vez más...

Jeremiah recogió la escoba y empujó el mango contra mi pecho.

—Cállate y barre.

Cogí la escoba con un resoplido, aunque mi petulancia se perdió en él. Simplemente se volvió hacia Rowan y dijo:

—Dime, ¿qué hay que hacer?

Rowan sonrió.

—Me agradas mucho, Jeremiah. Ven conmigo.

Me quedé allí con la estúpida escoba y observé mientras entraban al edificio de administración.

Así que barrí el maldito aparcamiento, recogí los escombros y sudé mi trasero en la humedad brutal hasta que terminé de enfurruñarme.

Me llevó un tiempo.

Finalmente, me deshice de la escoba y entré. Los encontré levantando los muebles archivadores fuera de la alfombra mojada, y sí, me gustó mucho que Jeremiah encajara directamente en mi familia, después de todo, estaba trabajando junto a Rowan y mi padre, pero ya había tenido suficiente por hoy.

Necesitaba un tiempo a solas con él.

Si estaba siendo honesto conmigo mismo, lo que necesitaba de él era un abrazo largo y un poco de tranquilidad. Pero no quería tener que admitir eso. Solo quería sentarme en el sofá y acurrucarme durante horas.

¿El enamoramiento me había convertido de repente en un bebé gigante e inseguro?

Aparentemente sí.

Jeremiah y papá arrastraron el último mueble archivador a la esquina cuando Jeremiah me vio. Se detuvo y se acercó directamente.

—¿Qué ocurre?

—Nada —murmuré—. Solo quiero ir a casa.

Frunció el ceño y fue a poner su mano en mi cara, pero se detuvo.

No quería que se detuviera.

Pero con mi padre y mi hermano en la habitación, no debería haberme sorprendido. Traté de no dejar que me molestara, pero lo hizo.

—Está bien, nos vamos —dijo—. ¿Seguro que estás bien?

No respondí. Me volví hacia papá.

—Tenemos que irnos. Nos vemos mañana cuando volvamos aquí.

Papá estiró la espalda.

—Sí, también hemos terminado por hoy. Estoy bastante seguro de que tengo algunas cervezas en el frigorífico que deberían beberse antes de que se calienten.

Tiré de la camisa de Jeremiah, tirando de él hacia la puerta.

—En otra ocasión papá, pero gracias. Los veré a todos de nuevo mañana brillante y temprano.

Si notaron mi estado de ánimo, y estoy seguro de que lo hicieron, nunca dijeron nada. No habría sabido qué decirles de todos modos. Solo necesitaba irme.

—Te seguiré —dijo Jeremiah yendo directamente al Jeep.

Traté de recomponerme en el corto viaje a casa, pero

este sentimiento, esta intranquilidad y frustración no desaparecía.

Entré en mi garaje y luego en la casa, viendo las nubes de tormenta flotando de nuevo por el horizonte. Eran casi las cinco y estaba listo para que todo este día terminara. De la caja salió un graznido, así que la abrí y saqué el pájaro. Graznó un poco más y le di de comer las bolitas de carne picada que había hecho mi madre.

Al menos me hizo sonreír.

Jeremiah entró, puso sus llaves y sus cosas en el banco de la cocina y le dio una caricia suave al pájaro.

—Es un pequeño luchador.

—Tendremos que conseguirle una jaula adecuada —dije en voz baja.

Jeremiah miró la parte superior de mi cabeza y alisó un mechón de cabello errante. Él sonrió mientras tocaba mi mandíbula.

—¿Quieres decirme qué está mal?

Fruncí el ceño.

—No sé lo que está mal. Yo solo siento… —Me encogí de hombros y traté de sacudirme el miedo en el que me encontraba—. No sé cómo me siento. Necesito que me abraces. Y es raro, porque nunca había necesitado eso. Siento… como si me estuviera desarmando. No sé. Y luego mencionaste que podrías irte. ¿Por qué dijiste eso? ¡Jesús, Jeremiah, te acabo de encontrar!

Tomó el pájaro y lo volvió a poner en la caja, luego me atrajo hacia él. Envolvió sus brazos a mi alrededor, me empujó contra el gabinete y me abrazó con tanta fuerza.

Dios, se sentía tan bien que me dieron ganas de llorar.

—No sé qué me pasa —murmuré.

—No te pasa nada —susurró—. Absolutamente nada.

Apreté su camisa en la parte de atrás, y con mi cara en su cuello, lo respiré, como si de alguna manera pudiera absorber su fuerza de esa manera. Dios, esto era ridículo.

—¿Quieres acostarte en el sofá?

Asentí.

—Sí.

Me sentía como un niño. Dios, estaba actuando como uno.

Pero luego me llevó al sofá y me quedé allí, medio encima de él, con sus brazos a mi alrededor y mi cabeza metida debajo de su barbilla. Frotó mi espalda y besó la parte superior de mi cabeza de vez en cuando.

—¿Te sientes mejor?

Asentí de nuevo.

—Yo solo... Solo necesitaba esto. Exactamente esto. Contigo. Necesito saber que estás bien, que estamos bien. Que todo estará bien.

Levantó mi rostro y me acercó para besarme.

—Todo estará bien. Tú y yo, estaremos bien.

—¿No te irás?

Él sonrió y negó con la cabeza, sus ojos suaves.

—Tendrán que sacarme a rastras.

Me reí y él besó mi mejilla, mi nariz, mi frente, y me volvió a acomodar debajo de su barbilla.

Luego escuchamos llaves en la puerta principal. Me había olvidado de Ellis.

—Será mejor que no estés desnudo —gritó.

—Cómete una bolsa de pollas —respondí.

Jeremiah trató de sentarse, pero lo sostuve justo donde estaba.

—Mm-mm. No te muevas.

Ellis entró y casi saltó al sillón junto a nosotros. Parecía exhausto, y no le importaba una mierda que Jeremiah y yo estuviéramos enredados en el sofá juntos.

—¿Qué pasa con la línea de "cómete una bolsa de pollas" como un insulto? —dijo Ellis con el ceño fruncido—. Quiero decir, claro, dime que me coma una bolsa de pollas y diría, "sí, no, gracias, no es mi estilo". Pero si te dijera que te comieras una bolsa de pollas, serías como, "diablos, sí," te pondrías en modo pavo y engulle-engulle.

Le tiré un cojín a la cabeza.

Lo atrapó y se rio. Luego, antes de que pudiera decir algo, o levantarme y darle una paliza, pulsó el botón de encendido del televisor, se encendió el refrigerador y algunos otros aparatos eléctricos emitieron un pitido.

Me senté.

—Mierda. ¡Tenemos energía!

Ellis levantó las manos, estilo victoria, luego miró la televisión y se desinfló rápidamente.

—Oh… mi PS5. —Suspiró—. Cristo, Tully, ¿por qué no tienes una consola de juegos?

—Porque nunca la usaría —dije ayudando a Jeremiah a sentarse, ahora que me había despegado de él. Me levanté para traer una botella de agua.

Ellis puso los ojos en blanco.

—Porque gastas todo tu dinero y tiempo en cosas que persiguen tormentas.

Jeremiah sonrió.

—Yo igual.

Ellis gimió.

—Estoy viviendo con los *Chicos de la Tormenta*.

Regresé con dos botellas de agua y un pajarito. Le di una botella a Ellis y me quedé la otra para compartir con Jeremiah. Le entregué el pájaro a Jeremiah y cogí el mando a distancia del aire acondicionado.

Jeremiah acarició el cuello del pájaro y este graznó un poco. Era joven y aún no podía volar, pero como había dicho Jeremiah, era un luchador.

—Deberíamos ponerle un nombre —dije—. Dado que superó lo peor, creo que merece un nombre.

Los ojos de Jeremiah se encontraron con los míos.

—¿En realidad? Nunca he tenido que nombrar algo antes.

—¿Nunca?

Negó con la cabeza.

—Nunca he tenido una mascota.

Dios.

Me apoyé en su brazo y le di al pájaro una palmadita suave.

—Incluso si le encontramos un hogar en un día más o menos, todavía podemos nombrarlo. Calculo que todos los veterinarios y cuidadores de vida silvestre estarán bastante ocupados en este momento, por lo que unos días no estarían de más. Le gusta esa carne picada. Lo cual es asqueroso, pero a él le gusta. Afortunadamente mamá y papá sabían qué darle de comer, porque toda mi educación se basa en Google, y sin electricidad ni Internet, no tenía ni idea. —Revisé mi teléfono—. Todavía no hay servicio. Es gracioso cuánto dura la batería cuando no puedes usar tu teléfono.

—Oh —dijo Ellis cogiendo el mando a distancia de la televisión—. Tal vez haya actualizaciones en las noticias o algo así.

Algunos canales no funcionaban, pero encontramos el local. Canal 4, porque por supuesto ese sería el único canal que seguiría funcionando.

Imágenes de Darwin llenaban la pantalla, desde la calle y desde el aire. Había tanta devastación. Tanta pérdida. Mostraban personas llorando, personas siendo rescatadas, personas cargando niños y mascotas a través del agua. Mostraban edificios derrumbados y mostraban la calle de Ellis.

Cristo, era difícil para mí verlo. No podía imaginar cómo era para él.

Entonces apareció en la pantalla mi reportera favorita de noticias de todo el país.

Lindsey.

Gruñí por lo bajo.

Y entonces me di cuenta de dónde estaba. Ella estaba de pie al frente del trabajo de Jeremiah.

—Estoy aquí con el doctor Jeremiah Overton —dijo.

Y allí estaba. El amor de mi vida, el hombre sentado en el sofá a mi lado en ese mismo segundo, vistiendo la misma ropa en la televisión que estaba usando a mi lado.

—¡No me dijiste que fue a importunaros! —dije.

Podría haber gritado—. Dije que si esas sanguijuelas te acosaban una vez más…

—Ella no me acosó. Le pedí que fuera.

Lo miré.

Seguí mirándolo.

Hasta que mis globos oculares se secaron.

—Cuando ayer perdiste todos los aparatos de comunicaciones —dijo Lindsey en la televisión—, utilizaste un radar de hace treinta años que todavía usaba frecuencias de radio antiguas, y escribiste la advertencia sobre la duración más corta del ojo del ciclón, ¿es correcto?

La pantalla mostraba el mensaje escrito en la parte superior de la pantalla del radar.

—Sí, eso es correcto.

—Y si eso no te convirtió en un héroe, tenemos imágenes de ti salvando a dos niñas pequeñas de un rayo ayer —dijo—. Y no solo a ellas; nos salvaste a mí y a mi camarógrafo.

El metraje mostraba una vista inestable de Shane corriendo por los escalones, luego retrocede en el momento para ver a Jeremiah patinar en el barro, recoger a las dos niñas y volver corriendo antes de que caiga un rayo y vuele la valla.

Ellis señaló la televisión.

—Mierda, tío, ¿eres tú?

—Sí, ese era él. —Volví a mirar a Jeremiah—. ¿Le pediste que viniera a hablar contigo? Lo lamento. Pero ¿por qué?

Se encogió de hombros.

—Porque tenía algo que decir.

Volví a mirar la televisión, al Jeremiah en la pantalla. Lindsey le estaba sonriendo de una manera que me dio ganas de pincharla en el ojo.

—Estas imágenes se han vuelto virales —dijo—. ¿Qué tienes que decirle a la gente que te llama héroe?

En la pantalla, Jeremiah miró directamente a la cámara.

—Nada. No soy un héroe. Simplemente no tenía otra manera de hacerle saber a mi padre que estaba bien. Está en Melbourne. Papá, si estás viendo esto, estoy bien y te llamaré cuando las torres telefónicas vuelvan a funcionar.

Luego, en la pantalla, Jeremiah le sonrió a Lindsey y simplemente se dio la vuelta y caminó de regreso a la oficina. Lindsey se quedó allí con su micrófono, sin saber qué más decir.

Solté una carcajada porque era jodidamente gracioso, pero luego miré a Jeremiah a mi lado y con un profundo suspiro, dejé caer mi frente sobre su hombro.

—Dios, lo siento mucho. Lo siento, ni siquiera pensé. Tu padre debe haber estado preocupado, y tú… Debes haber estado tan… —Lo miré—. Y ni siquiera me detuve a pensar. Soy un novio terrible. Lo siento mucho.

Jeremiah tomó mi mano.

—Mi padre habría estado levemente preocupado en el mejor de los casos. Solo pensé que le gustaría saber, y cuando vino alguien del Canal 4 a recoger la camioneta, les dije que pasaran un mensaje para que vinieran a entrevistarme. Ellos me usaron, entonces yo los usé a ellos. Creo que ella esperaba alguna primicia exclusiva o lo que sea. Pero, de todos modos, no importa. Ojalá, mi padre, vea eso.

Todavía me sentía mal.

—Estoy seguro de que estaba más que levemente preocupado —le ofrecí—. Pero, aun así, lo siento. Llegamos a casa anoche y nos dormimos, luego nos levantamos y nos fuimos esta mañana. Apenas tuve tiempo de hablar contigo, y luego pasé toda la tarde de mal humor como un maldito niño. Debería haber sido más considerado.

—Lo fuiste —dijo.

—¿Qué? ¿Considerado? ¿O enfurruñado como un niño? —pregunté, luego me arrepentí porque no quería saberlo. Ya lo sabía—. No necesitas responder. Lo lamento.

Jeremiah se rio y acercó su rodilla a la mía. Cuando me encontré con su mirada, sus ojos eran felices y suaves. Todavía sostenía el pájaro, al que aún no le habíamos puesto nombre.

Dios.

—Deberíamos llamarlo Hazer —sugerí.

Jeremiah arrugó la nariz, claramente no le gustaba esa sugerencia.

—No puedo creer que resbalaste sobre el lodo y recogiste a esas dos niñas como lo hacen en las películas —dijo Ellis, con incredulidad todavía clara en su rostro—. Querrás tener cuidado. Los Buffaloes buscarán inscribirte.

Jeremiah lo miró con los ojos entrecerrados.

—¿Los Buffaloes?

—Fútbol —le aclaré.

—Oh. —Hizo una mueca—. No, gracias.

Resoplé.

—¿Y si lo llamamos First? —sugerí como nombre de pájaro—. Como fue la *primera* vez que casi mueres ayer.

Puso los ojos en blanco y luego miró al pajarito.

—Nombrar algo es mucha responsabilidad.

Ellis gimió.

—Por el amor de Dios, menudo par. El Sr. Percival está justo ahí. —Él agitó su mano hacia nosotros—. Ya os llamé los chicos de la tormenta, así que realmente, ¿qué otro nombre podríais ponerle?

Mi reacción inicial fue decirle que se fuera a la mierda. Y quería odiar la sugerencia del nombre, pero no pude. Miré a Jeremiah y sonrió.

—Sr. Percival es un poco agradable —dijo—. Bueno, es apropiado. Aunque no es un pelícano.

—No creo que eso importe —dije. Le di al pájaro una caricia suave, aunque estaba muy contento de estar seguro en los brazos de Jeremiah—. Señor Percival.

—De nada. —Ellis se puso de pie—. Voy a cocinar un poco de pasta para la cena. ¿Os parece bien? Es probable que la energía se corte durante la semana mientras arreglan las cosas, así que deberíamos aprovecharla.

—Me parece perfecto. Puedo ayudar —dije.

—No, yo me encargo. Solo serán verduras y mierda picadas.

—Mantén la mierda picada fuera de mi parte —dijo Jeremiah—. No soy fan.

Dios mío, le había hecho una broma a mi hermano.

Le sonreí a Ellis.

—Sí, yo tampoco. Sin embargo, siéntete libre de ponerle a la tuya esa mierda extra.

Ellis me mostró el dedo. Caminó hacia la puerta de cristal.

—Hay una tormenta eléctrica en el horizonte. Ah, y ahora que tenemos electricidad, ¿quieres revisar la cámara que tenías en el balcón? Mirar qué tipo de imágenes de primera fila obtuviste del ciclón.

Me acurruqué un poco contra Jeremiah y él se inclinó hacia mí, deslizando un brazo a mi alrededor, y ambos le sonreímos al Sr. Percival.

—Nah —dije sintiéndome muy contento donde estaba—. Puede esperar hasta mañana. Esto es todo lo que quiero hacer esta noche. Quedarme justo aquí.

Jeremiah besó mi sien y, por encima de mi cabeza, miró los relámpagos sobre el océano.

—Sí. Esto es todo lo que quiero hacer esta noche también.

Me acerqué un poco más, acercando mi nariz a su garganta.

—Bueno, espero que no sea *todo* lo que quieras hacer esta noche.

Me dio un apretón y se rio entre dientes, luego me susurró al oído:

—No *todo*.

—Oh —dije como si eso me hubiera recordado—. ¿Revisaste la aplicación en tu teléfono para la correa de frecuencia cardíaca?

—No. Me olvidé completamente.

—Hmm —tarareé besando su manzana de Adán—. Deberíamos ver lo que dice. Aunque necesitaremos establecer algunos grupos de control, puramente con fines científicos. Si sabes a lo que me refiero.

Me dio un apretón.

—Creo que sé lo que quieres decir, sí.

Le susurré al oído.

—Frecuencia cardíaca en reposo, frecuencia cardíaca cuando me follas. Frecuencia cardíaca cuando te follo.

Tragó saliva.

—Mmm. Sí, esos grupos de control serían suficientes, estoy de acuerdo.

Dios, me hizo reír.

Luego nos sentamos allí por un poco más de tiempo. Jeremiah se mordió el labio inferior, y cuando empezó a dar golpecitos con el pie, me ganó.

—Tal vez podríamos revisar la aplicación, muy rápido, y ver qué récords necesitamos batir.

—Estoy seguro de que cada lectura no es una marca personal para superar en cada ocasión. Es por lo que lo compré.

—Hm, marcas personales. Me gusta el sonido de eso.

Él sonrió.

—Bueno, creo que la carrera por el aparcamiento para recoger a esas dos niñas, volver corriendo y casi ser golpeado por un rayo será difícil de superar. Mi corazón latía fuera de mi pecho.

Me encontré con su mirada.

—¿Es eso un desafío, doctor? Porque me gustan los desafíos.

Miró hacia la cocina para ver si Ellis estaba escuchando. No lo estaba, así que Jeremiah volvió a mirarme.

—Bueno, un poco de competencia podría ser divertido.

—Voy a hacer un gráfico —proclamé en voz alta. No me importaba si Ellis escuchaba—. Con estrellas doradas y todo.

Los ojos de Jeremiah se agrandaron.

—Oh, Dios, por favor no lo hagas.

—Sí —intervino Ellis mientras revolvía una sartén—. Por favor, no lo hagas. No sé de qué estáis hablando, pero se trata de un gráfico y calcomanías de estrellas doradas y él está tratando de susurrar, así que solo puedo suponer que se está volviendo loco. Creedme cuando digo que no quiero saber nada.

Me eché a reír.

—Jeremiah, rápido, toma tu teléfono. Necesitamos revisar la aplicación para saber cuánta energía necesitaré esta noche.

—Oh, Dios mío —siseó Jeremiah—. Tully, para.

Ellis dejó caer la cabeza con un fuerte gemido.

—Quedarme aquí fue una mala idea. —Apagó la vitrocerámica—. La pasta está cocida. Venid y servíos, gilipollas. —Luego puso los ojos en blanco—. Tú no, Jeremiah, obviamente. Estaba hablando con la hemorroide parlante de un metro ochenta y dos centímetros sentada a tu lado.

Me eché a reír e incluso Jeremiah trató de no sonreír mientras volvía a poner al señor Percival en su caja. Servimos nuestra propia pasta, y sentarme en el sofá a comer la terrible cocina de Ellis me hizo tan jodidamente feliz.

Tener a Jeremiah en mi vida y tener a mi hermano idiota viviendo con nosotros me hizo increíblemente feliz.

De acuerdo, estas no eran circunstancias ideales, con el ciclón y todo. Pero incluso después de todo lo que Hazer nos hizo pasar, con toda la devastación y la pérdida, también teníamos mucha suerte de poder sentarnos, bromear y reírnos unos con otros.

—Salud —dije golpeando mi botella de agua contra la de Ellis—. Por sobrevivir a los ciclones. —Luego toqué la de Jeremiah—. Y por más tormentas en el futuro.

Ellis se metió un tenedor de pasta en la boca y luego habló con la boca llena.

—Ambos estáis locos.

Me reí.

—Tal vez. Pero él es mi tipo de loco.

Ellis ignoró mi cursilería y negó la cabeza hacia Jeremiah.

—Todavía no puedo creer que hayas salvado a esas niñas de ese rayo.

—No me sorprende ni un poco —dije—. Tenemos imágenes de él corriendo cien metros bajo la lluvia y deslizándose debajo de la pared del búnker como un héroe de película de acción.

Las mejillas de Jeremiah ahora eran de un rosa vivo.

Tal contraste, del héroe al chico tímido…

—Sobre el metraje —dijo Jeremiah.

—¿Las imágenes del búnker?

—No, las imágenes de tu balcón, mirando el ciclón. —Se encogió de hombros—. Tal vez podríamos echar un vistazo.

Le sonreí. *Demonios, sí, podríamos.*

—¡Podríamos conectarlo al televisor y verlo en la pantalla grande! —Me deshice de mi pasta y me puse de pie—. Iré a buscarlo.

Ellis gimió.

—Oh, Dios mío, estoy viviendo con nerds de la tormenta.

—Cállate, gilipollas —grité.

—Tráeme una cerveza cuando vuelvas —me respondió.

Cogí tres botellas y, unos minutos después, los tres nos sentamos en el sofá con nuestras cervezas, yo con la cabeza apoyada en el hombro de Jeremiah.

—¿Estamos listos? —pregunté, apuntando con el mando a distancia al televisor.

Jeremiah besó la parte superior de mi cabeza.

—Siempre.

Fin

LA SERIE CHICOS DE LA TORMENTA

¿Quieres leer más sobre la historia de Tully y Jeremiah?

Venciendo A La Lluvia

O donde todo comenzó con Paul y Derek

Segunda Oportunidad Al Primer Amor

INSCRÍBETE AL BOLETÍN INFORMATIVO

PARA MANTENERTE ACTUALIZADO SOBRE LAS ÚLTIMAS noticias, actualizaciones, obsequios y ventas, ¡puedes suscribirte al boletín informativo de NR Walker!

REGISTRATE AQUÍ

SOBRE LA AUTORA

N.R. Walker es una autora australiana a la que le
encanta su género, el romance gay.
Le encanta escribir y pasa demasiado tiempo
haciéndolo, pero no lo haría de otra manera.
Es muchas cosas: madre, esposa, hermana, escritora.
Tiene chicos muy, muy guapos que viven en su cabeza,
que no la dejan dormir por la noche si no les da vida
con palabras.
A ella le gusta cuando hacen cosas sucias, muy sucias...
pero le gusta aún más cuando se enamoran.
Solía pensar que tener gente en su cabeza hablándole
era raro, hasta que un día se encontró con otros
escritores que le dijeron que era normal.
Ha estado escribiendo desde entonces...

nrwalker.net

TAMBIÉN DE N. R. WALKER

ESPAÑOL

Sesenta y Cinco Horas *(Sixty Five Hours)*

Los Doce Diaz de Navidad

Código Rojo *(Atrous Series 1)*

Código Azul *(Atrous Series 2)*

Queridísimo Milton James *(Dearest Milton James 1)*

Queridísimo Malachi Keogh *(Dearest Milton James 2)*

El Peso de Todo *(The Weight Of It All)*

Una Navidad Muy Henry

Tres Muérdagos en Raya *(Hartbridge Christmas Series #1)*

Lista de Deseos Navideños: *(Hartbridge Christmas Series #2)*

Feliz Navidad Cupido: *(Hartbridge Christmas Series #3)*

Spencer Cohen, Libro Uno

Spencer Cohen, Libros Dos

Spencer Cohen, Libros Tres

La Historia de Yanni

La Cometa

Davo

Hasta la Luna y de Vuelta

Segunda Oportunidad Al Primer Amor

Reindeer Games

The Dichotomy of Angels

Throwing Hearts

Pieces of You - Missing Pieces #1

Pieces of Me - Missing Pieces #2

Pieces of Us - Missing Pieces #3

Lacuna

Tic-Tac-Mistletoe - Hartbridge Christmas Series #1

Christmas Wish List - Hartbridge Christmas Series #2

Merry Christmas Cupid - Hartbridge Christmas Series #3

Bossy

Dearest Milton James

Dearest Malachi Keogh

Code Red - Atrous Series #1

Code Blue - Atrous Series #2

Davo

The Kite

Learning Curve

Merry Christmas Cupid

To the Moon and Back

Second Chance at First Love

Outrun the Rain

Into the Tempest

TÍTULOS EN AUDIO

Cronin's Key

Cronin's Key II

Cronin's Key III

Red Dirt Heart

Red Dirt Heart 2

Red Dirt Heart 3

Red Dirt Heart 4

The Weight Of It All

Switched

Point of No Return

Breaking Point

Starting Point

Spencer Cohen Book One

Spencer Cohen Book Two

Spencer Cohen Book Three

Yanni's Story

On Davis Row

Evolved

Elements of Retrofit

Clarity of Lines

Sense of Place

Blind Faith

Through These Eyes

Blindside

Finders Keepers

Galaxies and Oceans

Nova Praetorian

Upside Down

Sir

Tallowwood

Imago

Throwing Hearts

Sixty Five Hours

Taxes and TARDIS

The Dichotomy of Angels

The Hate You Drink

Pieces of You

Pieces of Me

Pieces of Us

Tic-Tac-Mistletoe

Lacuna

Bossy

Code Red

Learning to Feel

Dearest Milton James

Dearest Malachi Keogh

Three's Company

Christmas Wish List

The Kite

Davo

Learning Curve

Merry Christmas Cupid

To the Moon and Back

Second Chance at First Love

Outrun the Rain

LECTURAS GRATUITAS:

Sixty Five Hours

Learning to Feel

His Grandfather's Watch (And The Story of Billy and Hale)

The Twelfth of Never (Blind Faith 3.5)

Twelve Days of Christmas (Sixty Five Hours Christmas)

Best of Both Worlds

OTRAS TRADUCCIONES

Portugués

Sessenta e Cinco Horas

Italiano

Fiducia Cieca (Blind Faith)

Attraverso Questi Occhi (Through These Eyes)

Preso alla Sprovvista (Blindside)

Il giorno del Mai (Blind Faith 3.5)

Cuore di Terra Rossa Serie (Red Dirt Heart Series)

Natale di terra rossa (Red dirt Christmas)

Intervento di Retrofit (Elements of Retrofit)

A Chiare Linee (Clarity of Lines)

Senso D'appartenenza (Sense of Place)

Spencer Cohen Serie (including Yanni's Story)

Punto di non Ritorno (Point of No Return)

Punto di Rottura (Breaking Point)

Punto di Partenza (Starting Point)

Imago (Imago)

Il desiderio di un soldato (A Soldier's Wish)

Scambiato (Switched)

Tallowwood

The Hate You Drink

Ho trovato te (Finders Keepers)

Cuori d'argilla (Throwing Hearts)

Galassie e Oceani (Galaxies and Oceans)

Il peso di tut (The Weight of it All)

Francés

Confiance Aveugle (Blind Faith)

A travers ces yeux: Confiance Aveugle 2 (Through These Eyes)

Aveugle: Confiance Aveugle 3 (Blindside)

À Jamais (Blind Faith 3.5)

Cronin's Key Series

Au Coeur de Sutton Station (Red Dirt Heart)

Partir ou rester (Red Dirt Heart 2)

Faire Face (Red Dirt Heart 3)

Trouver sa Place (Red Dirt Heart 4)

Le Poids de Sentiments (The Weight of It All)

Un Noël à la sauce Henry (A Very Henry Christmas)

Une vie à Refaire (Switched)

Evolution (Evolved)

Galaxies et Océans (Galaxies and Oceans)

Qui Trouve, Garde (Finders Keepers)

Sens Dessus Dessous (Upside Down)

La Haine au Fond du Verre (The hate You Drink)

Tallowwood

Spencer Cohen Series

Alemán

Flammende Erde (Red Dirt Heart)

Lodernde Erde (Red Dirt Heart 2)

Sengende Erde (Red Dirt Heart 3)

Ungezähmte Erde (Red Dirt Heart 4)

Vier Pfoten und ein bisschen Zufall (Finders Keepers)

Ein Kleines bisschen Versuchung (The Weight of It All)

Ein Kleines Bisschen Fur Immer (A Very Henry Christmas)

Weil Leibe uns immer Bliebt (Switched)

Drei Herzen eine Leibe (Three's Company)

Über uns die Sterne, zwischen uns die Liebe (Galaxies and Oceans)

Unnahbares Herz (Blind Faith 1)

Sehendes Herz (Blind Faith 2)

Hoffnungsvolles Herz (Blind Faith 3)

Verträumtes Herz (Blind Faith 3.5)

Thomas Elkin: Verlangen in neuem Design

Thomas Elkin: Leidenschaft in Klaren Linien

Thomas Elkin: Vertrauen in bester Lage

Traummann töpfern leicht gemacht (Throwing Hearts)

Sir

Tailandés

Sixty Five Hours (Traducción al Tailandés)

Finders Keepers (Traducción al Tailandés)

Chino

Blind Faith (Traducción al Chino)

Japonés

Bossy

Gracias por leer